v h m

o remorso de
baltazar serapião

valter
hugo
mãe

Copyright © 2015, Valter Hugo Mãe e Porto Editora
Copyright © 2018, by Editora Globo S.A.

Todos os direitos resevados. Nenhuma parte desta edição
pode ser utilizada ou reproduzida – em qualquer meio ou
forma, seja mecânico ou eletrônico, fotocópia, gravação
etc. – nem apropriada ou estocada em sistema de banco de
dados, sem a expressa autorização da editora.

Por decisão do autor, esta edição mantém a grafia
do texto original e não segue o Acordo Ortográfico de
Língua Portuguesa (Decreto Legistaltivo nº 54, de 1995).
Este livro não pode ser vendido em Portugal.

EDITORA RESPONSÁVEL Erika Nogueira
EDITORA ASSISTENTE Luisa Tieppo
REVISÃO Beatriz D'Oliveira
PROJETO GRÁFICO E CAPA Bloco Gráfico
ILUSTRAÇÕES Eduardo Berliner

CIP-BRASIL. CATALOGAÇÃO NA PUBLICAÇÃO
SINDICATO NACIONAL DOS EDITORES DE LIVROS, RJ

M16r
Mãe, Valter Hugo [1972-]
o remorso de baltazar serapião: Valter Hugo Mãe
2ª ed.
Prefácio: José Saramago
Rio de Janeiro: Biblioteca Azul, 2018
224 p., 8 ils.; 22 cm

ISBN 9788525063564
1. Ficção portuguesa. I. Saramago, José, 1922-2010.
II. Título.
18-47912   CDD: 869.3

CDU: 821.134.3-3

1ª edição, 2011 [Editora 34]
2ª edição, Editora Globo, 2018 - 3ª reimpressão, 2024

Direitos exclusivos de edição em língua
portuguesa para o Brasil adquiridos por
Editora Globo S.A.
Rua Marquês de Pombal, 25
Rio de Janeiro – RJ – 20230-240
www.globolivros.com.br

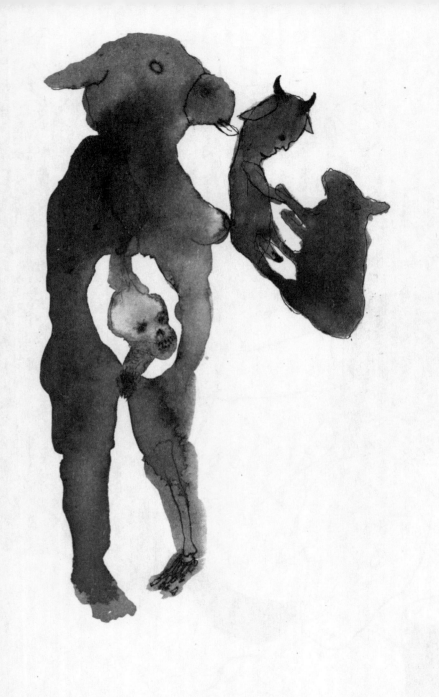

prefácio
Um tsunami

Este livro é um tsunami. Um tsunami linguístico, estilístico, semântico, sintáctico. Um tsunami num sentido não destrutivo mas pelo ímpeto e força. Quando li o livro, apresentou-se-me esta imagem que, claro está, meu caro Valter, lhe vai dar um riquíssimo título amanhã nos jornais: *"o remorso de baltazar serapião* é um tsunami". Basta ler a primeira página, a primeira palavra, sentir a primeira respiração. É um livro diferente. A sensação que esta obra me dá, além do ímpeto arrasador e ao mesmo tempo construtor de algum elo, é a de estar a assistir a um novo parto da língua portuguesa, um nascimento de si mesma. A época que se reconstitui, embora não se possa falar exactamente de reconstituição, é uma certa Idade Média que está ausente dos livros que dela falam e das ficções que sobre esta época se armaram. Nós gostamos muito, nós, os portugueses, gostamos da Idade Média, não se sabe porquê, talvez por causa d'*A dama pé-de-cabra* ou d'*O bispo negro*, dessa espécie de Idade Média desinfectada, limpa como se houvesse detergentes de todo o tipo, mas o que acontece é que aquilo cheirava mal, era feio. Foi aqui dito que o livro cava um diálogo que não tem fim entre o feio e o belo, mas eu creio que é preciso ter muita esperança na vida para achar que aquele belo vai ganhar a batalha, e a prova é que não a ganhou.

Então, o meu tsunami. Um livro que subverte. Comecei a ler e sorri porque me lembrei de umas quantas ousadias sintácticas, morfológicas e de vário tipo a que eu me atrevi há mais de vinte anos e que produziram um escândalo, porque não se escreve assim. Pois, então, se de escândalo se trata, temos outro, porque o Valter Hugo Mãe levou a expressão escrita da palavra a extremos que eu considerava impensáveis. Acabou, realmente, com a parafernália de sinaléctica que distrai, ainda que pareça, pelo contrário, conduzi-lo à apropriação do sentido. Essa trapalhada de pontos finais, pontos de interrogação, reticências, travessões, isto, aquilo e aqueloutro não são, no fundo, mais do que sinais de trânsito. Pessoalmente, defendo a ideia de que se se tirassem os sinais de trânsito das estradas todos os dias haveria menos desastres, porque as pessoas teriam de conduzir com muito mais atenção. Neste caso, Valter Hugo Mãe decidiu, também ele, retirar aquilo que é supérfluo – o ponto de interrogação, por exemplo, quando o texto expressa dúvida ou pergunta: se estás a ler, entendes. Agora, se não entendeste é porque não estavas a ler, ainda que pensasses que sim.

Este tal tsunami parece ter passado despercebido nesta terra quando o livro saiu, já que os sismógrafos não registaram nada. Oh, que terra tão insensível que não dá pelo que acontece. O facto é que há uma revolução. Este livro é uma revolução. Comecei por lhe chamar tsunami porque era mais interessante, mas este *remorso* tem de ser lido como algo que traz muito de novo e fertilizará a Literatura. É impossível que não influa no que se escrever daqui para diante.

Este tsunami não veio para passar como os tsunamis, que se é certo que começam felizmente, também é verdade que acabam. *o remorso de baltazar serapião* vai ter uma vida longa.

Meu caro Valter, muitos, muitos, parabéns. E aqui vos deixo o tal, o tsunami.

JOSÉ SARAMAGO palavras aquando da entrega do Prémio Literário José Saramago pelo livro *o remorso de baltazar serapião*, a 30 de outubro de 2007.

há a boca pisada de pedras,
e o remorso
e uma parede mordida pelo eco.

jorge melícias, *iniciação ao remorso*

para a marisol, para o casimiro, para a flor,
para o marco e para o alexandre

um

a voz das mulheres estava sob a terra, vinha de caldeiras fundas onde só diabo e gente a arder tinham destino. a voz das mulheres, perigosa e burra, estava abaixo
de mugido e atitude da nossa vaca, a sarga, como lhe
chamávamos.

mal tolerados por quantos disputavam habitação naqueles ermos, batíamos os cascos em grandes trabalhos
e estávamos preparados, sem saber, para desgraças ab-
solutas ao tamanho de bichos desumanos. tamanho de
gado, aparentados de nossa vaca, reunidos em família
como pecadores de uma mesma praga. maleita nossa,
nós, reunidos em família, haveríamos de nos destituir
lentamente de toda a pouca normalidade.

abríamos os olhos pirilampos à fraca luz da vela, porque a sarga mugia noite inteira quando havia tempestade. dava-lhe frio e aflição de barulhos. era pesado que
nos preocupássemos com a sua tristeza, se havia algo na
sua voz que nos referia, como se soubesse nosso nome,
como se, por motivo perverso algum, nos fosse melódico
o seu timbre e nos fizesse sentido a medida da sua dor.
por isso, custava deixá-la sem retorno, sem aviso de que
a má disposição das nuvens era fúria de passagem.

com vento a bater nos tapumes da janela mal coberta, água a inundar esterco no chão, velha, ela ficava

à espera de que algo repusesse o dia e a libertasse para o campo, a fazer nada senão comer erva, vendo-nos labor ininterrupto. nós não dormíamos, ficávamos a fustigar o sono com dores de cabeça, martírios horas e horas. o aldegundes, que se levantava para a tentar acalmar, falava-lhe e prometia-lhe tudo. o meu pai dizia que, a ele, a sarga o confundia mais na ideia de família, se nascera com ela ali e, já eu um irmão muito mais velho, haveria de ser em perigo que o aldegundes se deixaria com ela em brincadeiras. que tempo de crescer o de uma criança, exclamávamos, com uma vaca pela mão em companhia, conversas a sério como se fosse entre gente, e a gostar dela como se gosta das pessoas, ou mais do que das pessoas todas, dizia ele, só algumas é que não, como a mãe, o pai, o irmão e a irmã. assim ela acalmava um pouco à voz infantil dele e nós adormecíamos instantes, mas voltávamos a acordar com a trovoada, embatendo nítida sobre a nossa casa tão pequena, e com o gemido abafado da bicha que recomeçava.

nós éramos os sargas, o aldegundes sarga, dos sargas, diziam. ele é sarga, é dos sargas cara chapada. nada éramos os serapião, nome da família, e já nos desimportávamos com isso. dizia o meu pai, o povo simplifica tudo e a nós vêem-nos com a vaca e lembram-se dela, que é mais fácil para se lembrarem de nós e nos identificarem. a vaca era a nossa grande história, pensava eu, como haveria de nos apelidar a todos e servir de tema de conversa quando perguntavam pela mãe, pelo pai, perguntavam pela vaca, magra, feia, tonta da cabeça, sempre pronta a morrer sem morrer. e riam-se assim com o nosso disparate de ter um animal tão tratado como família, e não entendiam muito bem. não fazia mal, achávamos que éramos muito lúcidos, e adorávamos a sarga, mesmo nas noites de tempestade quando se amedrontava e nos obrigava a acordar. o aldegundes vinha dizer-nos que ela tinha água nas patas e que em pressas se devia varrer dali inundação que lhe dava medo, e ele não reparava que também se sujara nos pés e fedia, enquanto cheirávamos e agoniávamos de tormento sem mais sono.

o meu pai pagava ainda a ousadia de se chamar afonso. afonso segundo um rei, mas sobretudo em semelhança ao senhor da casa a que servíamos. uma ousadia disparatada, um sarga chamado afonso, um verdadeiro familiar da vaca como se viesse de rei. quem não tinha do que se honrar, que diabo honraria aludindo a tal nome, perguntavam as pessoas ocupadas com nossa vida. dom afonso, o da casa, era-o por herança de nome e vinha mesmo das famílias de sua majestade, com um sangue bom que alastrava por toda a sua linhagem. nobres senhores do país, terras a perder de vista, vassalos poderosos, gente esperta das coisas do nosso mundo e de todos os mundos vedados. por isso, esqueciam-se quase sempre de que ele, o meu pai, se chamava afonso, e, só lhe chamavam sarga, o da sarga, como ele e ela, como um casal. à minha mãe chegavam a dizer que fora à vaca que ele fizera os filhos, e ela revoltava-se. era sempre ela quem barafustava furiosa até que o meu pai viesse e impusesse o juízo e a calma. o meu pai entrava em casa muito tarde, quando estávamos recolhidos à luz da fogueira, e era feito silêncio para que aliviasse o cansaço e pedisse o que lhe aprouvesse. normalmente, tínhamos refeição da noite, jantar quente com vantagens sobre o desamparo da nossa condição social, e escutávamos as impressões do dia, as instruções para o que viria, e os votos de boa noite. por vezes, eu podia perguntar coisas. em noites de maior paz, faria perguntas sobre as mulheres e as promessas do corpo delas feitas ao desalento do nosso corpo de homens. e deixaríamos coisas ditas no ar, para continuar interminavelmente. eram coisas que se suspendiam sobre nós, como roupa a secar, e com que nos deparávamos mais tarde, como se lhes batêssemos com a cabeça numa distracção qualquer, quando o trabalho era satisfeito e o tempo se permitia preciosamente ao convívio. o meu pai, o sarga, dizia-me que, se pudera pacificamente chamar-se afonso, sentiria maior felicidade. recordava os meus avós e jurava que chegaram a ter uma pequena terra só deles, escondida num muro à inveja dos trepadores e cultivada de legumes para servir uma fome só da família. era uma terra bonita de vistas, abençoada de fertilidade, calma de vento e cheia de furos de água. bebíamos e comíamos da nossa terra, lembro-me, contava o meu pai, era muito pequeno, como o aldegundes, e tudo ali nos bastava, como tínhamos galinhas e coelhos e o casal de porcos a fazer uma ninhada de leitões para cada ano, e era verdade que ninguém nos incomodava ou se acercava da nossa discrição. estávamos ali esquecidos para bem do nosso sossego. o meu pai sossegava e recolhia-se à cama, onde a minha mãe já se recolhera, a pedido de autorização, aliviada do peso do corpo em cima do pé torto, coçando longamente as pernas da comichão que lhe davam, atenta para acordar bem cedo na manhã seguinte.

quando chovia noite inteira era o pior. o aldegundes, fraco, um repolho de gente quase a querer ser homem, era descarnado e enfezado de altura e largura. que haveria de poder ele quando a sarga estava mais assustada e escutava menos as suas palavras. imaginava eu que ela assustada quisesse fugir para onde conhecesse mais seguro, soubéramos nós o que ela soubesse e talvez se acalmasse em algum lugar. mas, sem diálogo, ela ali ficava a debelar-se com o coração aos saltos e o aldegundes choramingando súplicas, o meu pai infinitamente paciente, abdicado de descanso pela vaca, e eu sempre fazendo conta à atenção que lhe era dada, uma permissão desmedida no prejuízo das nossas noites. o aldegundes apossava-se do corpo da sarga pela cabeça, mas era verdade que ela era tonta, como fosse destituída da pouca inteligência que as vacas podiam ter. não tinha nem uma, o mais que fazia era reconhecer-nos e gostar de nós, isso sentíamos, e mais do que isso, nada. entornava os recipientes, perdia os caminhos, batia com o focinho nas paredes, enganada das portas. mas o aldegundes lá lhe esfregava a cabeça, olhos nos olhos, na escuridão. punha vela a arder protegida e queria muito não demorar. mas água que entrava era desordenada e cruel. e era certo que seria o que mais assustava a sarga, por isso ele se dava ao trabalho de varrer cuidadosamente tudo, porta aberta ao campo a enxotar esterco lá para fora, a vaca detida pela corda ao pescoço.

o meu pai levantou-se sem que a irritação lhe turvasse os sentidos. levou vela a juntar à do aldegundes e não se ouviu mais nada. a sarga calou-se de sossego e sono, especada na noite como uma coisa que só parecesse ser ela sem ser. era como um objecto, sem voz nem movimento, disposto para o tempo da noite sem serventia nem mais nada. e nós adormecemos também, espantados com a obediência ao meu pai, discernido superiormente sobre todas as coisas da nossa vida.

dois

a minha mãe não discernia senão sobre lidas da casa. estropiada do pé, pouco capaz de ver, ficara inutilizada para as coisas dos senhores, e eles já lá tinham a brunilde a fazer-lhes serviços de interior, como nos contava ao descer aos legumes e ao leite.

a minha mãe deixava de falar comigo e com o aldegundes, porque lhe saíam coisas de mulher boca fora, e barafustar, como fazia, era encher os ouvidos dos homens com ignorâncias perigosas. uma mulher é ser de pouca fala, como se quer, parideira e calada, explicava o meu pai, ajeitada nos atributos, procriadora, cuidadosa com as crianças e calada para não estragar os filhos com os seus erros. também para não espalhar pela vizinhança a alma secreta da família, que há coisas do decoro da casa que se devem confinar aos nossos. assim se fazia a minha mãe, barafustando dia a dia, mas liberta das intenções de nos educar coisas inúteis ou falsas, que fizessem de nós rapazes menos homens ou simplesmente iludidos com um mundo que só as mulheres imaginavam. o mundo que as mulheres imaginavam era torpe e falacioso, viam coisas e convenciam-se de estupidez por opção, a suspirarem em segredos inconfessáveis, cheias de vícios de sonho como delírios de gente acordada, como se bebessem de mais ou tivessem sido envenenadas por cobra má. era vê-las passar perto umas das outras e perceber como ficavam alteradas, cacarejando palavrões e rindo, felizes por arredadas dos homens e por se poderem deliciar com semelhanças entre elas. as mulheres eram muito perigosas, alimentavam os homens e podiam fazê-los comer pó que os matasse. enviuvavam muito, apoderadas de si mesmas para se vingarem de não terem razão. a minha mãe poderia fazê-lo em qualquer altura, se enlouquecesse das ordens temíveis do meu pai e não quisesse acatar bom senso a que poderia aceder. ela saberia fazê-lo, um dia, e eu esperava-o a medo, vigiando-a, enquanto me apressava nas tarefas de dom afonso e olhava para a nossa casa e a minha mãe parando perto da sarga, a velha vaca. eu via-as como as duas estranhas e loucas mulheres do meu pai.

mas o meu pai ensinava-nos tudo a todos, e dava ares de quem se regozijava por ter criado a brunilde, até ao dia em que a serviu de idade para os senhores a usarem na casa, e para assim nos livrarmos do espaço da cama dela e do diálogo constante e perigoso que traria a sua cabeça de rapariga. também se regozijava por se achar seguro na rotina que dava à minha mãe, apertada na mão dele a cada deslize, reposta no respeito, e no juízo que, como mulher, podia compreender. com tantos cuidados e muito senso, o meu pai acabava gratificado pela força da sua vivacidade.

a brunilde tinha onze anos quando foi para a casa. diziam que lhe vinham as mamas tardava nada, preparava-se para ser leiteira. as mulheres quando se tornavam leiteiras podiam aceder a maior discernimento e os trabalhos a que se destinavam deviam ser aproveitados de imediato. aos homens, dizia-se, se pudesse ser dado maior ócio alguma coisa boa ainda podia vir, como artes várias, destrezas na pintura por exemplo, como os frescos da capela dos senhores nos provavam, feitos assim por jovem que se deu ao ócio para isso lhe vir. mas às raparigas nada lhes dava o ócio, mesmo para bordarem, tão parecidas com estarem a fazer nada, havia que lhes dar severas lições, umas às outras, de outro modo trocariam os pontos e o resultado dos seus trabalhos seriam estropícios sem beleza, ofensivos para a dignidade das mesas. a minha mãe passou muito tempo a ensinar à brunilde essas coisas que competiam às mulheres e explicou-lhe coisas que o meu pai obrigava que não ouvíssemos, nós os rapazes, coisas da vida delas, daquele corpo belo mas condenado que carregavam, para terem de voltar atrás, para se prenderem por uma perna à casa que habitavam, aflitas com ciclos de maleitas que lhes eram naturais. era verdade que às raparigas lhes davam maleitas por hábito, sem mais, para se castigarem de inferioridade. à brunilde rebentou-lhe o meio das pernas em sangue, um dia em que carregava palha para os animais. ficou assim encarnada no meio do campo, a chamar a minha mãe em surdina e a dizer nojices com as mãos nas suas partes da natureza. era assim como se rebentasse um fruto maduro, um tomate que se desfizesse, e ali ficasse a sair-lhe de dentro, a cheirar mal e a doer. a minha mãe roubou-a dos nossos olhos, furiosa com o destino, e todos soubemos que se cobririam uma à outra de segredos, semelhantes e porcas de corpo, condenadas à inferioridade, à fraqueza. um corpo que as obrigava, sem falta, a uma maleita reiterada, como um inimigo habitando dentro delas, era o pior que se podia esperar, um empecilho de toda a perfeição, e tão belas se deixavam quanto doloridas e acossadas. por isso eram instáveis, temperamentais, aflitas de coisas secretas e imaginárias, a prepararem vidas só delas sem sentido à lógica. tinham artefactos e maneiras de parecer gente sem quererem perder tudo o que deviam perder. eram, como sabíamos tão bem, perigosas.

quando os senhores a levaram, foi dom afonso quem disse que era moça de valentia, haveriam de lhe dar aconchego nos afazeres, e só quando fortalecesse o tronco, e as pernas segurassem melhor, teria afazeres de grande responsabilidade. era o que ela confirmava quando vinha aos legumes e ao leite. que era assim que fazia, deixada à deriva pela casa, ao pó e carregando pequenos objectos, e falso seria porque o tronco não se fortalecesse. eu percebera muito antes de que mo dissesse, era para que se conservasse boa de aparências, com a pele clara e as mãos ágeis, assim a queria o senhor para as sevícias que lhe davam a ele, a esfregar-se e a meter-se nela pelos cantos da casa, a tentar retribuir-se de tudo o que dona catarina, velha de carnes, descaída e dada às maleitas, já não lhe oferecia. mais tarde, ela passou a confirmar-mo e eu já nem lho perguntava. como lhe dizia das minhas aventuras e de como me punha quente imaginar ser tão poderoso e mandar a mim criadas de que pudesse desfrutar, ao invés de atravessar os campos até à vizinhança para assaltar as moças mais descaracterísticas no cuidado.

três

essas coisas do sexo eram muito importantes, por isso parecia muito difícil conciliar uma fidelidade amorosa com a vontade tão desenfreada de entrar numa rapariga. e quantas técnicas poderiam ocorrer-me para que uma moça apreciasse o meu desejo, mijando nas ruas e tossindo alto para que não se desapercebessem da minha presença. e logo tão depressa se ruborizavam e deixavam apreender de suspiros, envergonhadas de vontade, muito atazanadas pelas carnes. e era tão mais simples quando pudessem escapar-se para fora dos caminhos que percorriam, corajosas e impensáveis a fugir dos trajectos, por um momento de volúpia em que se teriam conspurcadas na honra. mas nada para que eu contribuísse, calado de orgulhos, só aproveitando o que era dado sem vãs glórias, sem notícia que não a do segredo mais absoluto da memória. era como fazia, usando-as para belo prazer de ambos e emudecendo o orgulho que pudesse ter em contar o sucedido. depois do acto, honrados de novo os dois, éramos desconhecidos daquilo e ninguém que nos perguntasse, se pudesse desconfiar, teria resposta afirmativa, que convictamente lhe diríamos que não. que nunca o fizemos. e assim o dizia à brunilde, dizia que eu conhecera rapariga desta cor clara ou ruiva, ou morena, ou mamuda ou lisa, dentro ou fora das ruas, mas nunca que nome teria. soubesse eu muitas vezes os seus nomes, e nunca quem me pareciam ser, como se as olhasse e pudesse reconhecer-lhes as famílias, és dos sargas, cara chapada, como aliás algumas acabavam por dizê-lo de mim, e eu disfarçava, encolhia os ombros e saía ligeiro a pensar em mais nada.

a brunilde achava que dom afonso era pouco competente, e eu começara a desconfiar que alguém mais se punha nela, tão sabedora começava a soar. o meu pai arredava-me dela, talvez já consciente de que se deitava aos préstimos de puta para dom afonso. eu recolhia-me aos animais, a sonhar com a minha noiva. arranjado para a receber logo que pudesse, casado de igreja, autorizado para a ter só minha e a educar à maneira das minhas fantasias, como devia ser. como devia ser um pai de família, servido de esposa, a precaver tudo, a ter as vezes de responsável.

a minha mulher haveria de ser a ermesinda. eu sabia quem ela era, já a tivera perto por diversas vezes. era filha de um pobre homem que o meu pai conhecia da vida toda. mais nova do que eu dois anos, queriam casá-la para que se tivesse em honras antes que algum malandro lhe deitasse a mão. era muito bela, a mais bela das raparigas que existiam, diziam, e por isso os riscos de a levarem à força eram muitos, mais valia que um rapaz a tomasse em casamento e lhe ensinasse o de ser esposa, bem como aturasse ele as forças de a preservar em casa. era uma rapariga feliz, mostrava, muito rosada como as flores e, quando passava nas ruas a buscar coisas que os pais mandavam, era muito parecida com uma coisa branca que impressionasse a escuridão das casas e das outras pessoas. quantas vezes eu a ia ver de propósito a descer rua abaixo sem olhar para os lados, já os homens coçados dela, a ganirem alfabetos porcos para a encostarem de sexo às paredes e ao chão. mas ela descia e subia trajecto abaixo e acima sem abrir os olhos dos pés, calada sem nada, à espera de sobreviver virgem a uma beleza que se tornava famosa. e era como se metia em casa, ansiosa por sair, portadas das janelas abertas, a mãe espalmando-lhe a mão no rabo, não fosse ver à janela algum moço que a fizesse cair de perdição lá abaixo. caísse ela janela abaixo aos meus braços, esperava eu, e ela já me olhava por vezes, sem saber que era eu quem lhe rondava o destino, tido ali em sorte pelo facto de os nossos pais se identificarem em amizades antigas. era eu, por sorte ali distinguido, um moço como outro qualquer, mas dos sargas, sem estropios de corpo nem maleitas de cabeça, escorreito nos trabalhos e incumbências, ao serviço de um grande senhor, protegido assim por deferência divina, como garantido no tempo que me restasse de vida. e assim ela se teria, guardada em asa de grande senhor, para cumprir vezes de mulher pobre mas digna de carnes e direcção.

claro que me corria à cabeça a ideia de que abriria perigos novos por trazer a mim tão doce rapariga. como custaria manter o meu território em redor dela, fazer dela algo tanto meu que outros estafermos não se abeirassem para deitar mão do seu fruto apetecido. e como me seria impossível reconhecer o desgaste desse fruto se era virgem e tão cedo não se acusaria de marcas que o desfizessem aos meus sentidos. assim estava eu de ansiedades, a contar as épocas para que chegasse a promessa e logo o casamento, e entre os prazeres se conhecessem, enfim, as dificuldades. podia imaginar, assim eu o fazia às outras mulheres comprometidas, algumas profissionais de homens, juntas em casas deles após viuvez acumulada, como mulheres sem poiso, a viver de andar constantemente à procura de algo que não se encontrava. eu teria espírito para proteger a minha mulher e lhe pôr freios. ela haveria de sentir por mim amor, como às mulheres era competido, e viveria nessa ilusão, enganada na cabeça para me garantir a propriedade do corpo. invadirei a sua alma, pensava eu, como coisa de outro mundo a possuí-la de ideias para que nunca se desvie de mim por vontade ou instinto, amando-me de completo sem hesitações nem repugnâncias. e assim me servirá vida toda, feliz e convencida da verdade.

os pedidos estavam feitos. era tão simples quanto isso. que a filha deles precisava de homem para um nome que a assinasse, e eu, dos sargas, chamar-lhe-ia de pontes para a deixar a salvo de desonras por qualquer prenhez que lhe aparecesse na barriga. serapião, que era, sabíamos, para ser sarga como todos nós, a ermesinda dos sargas, mulher do baltazar sarga, o rapaz mais velho, um moço possante e trabalhador. era como se esperava, revia eu esse futuro no meu pensamento ávido. dom afonso estava de acordo, e temia eu que estivesse também curioso por se ter perto de nova rapariga e assim exercer o seu domínio sobre todos nós, ultrapassando os mandamentos. mas nada era explícito, só a sua autorização que fora dada para que nos casássemos e tivéssemos guarida a meias na casa de meu pai. tudo se prepararia como estava planeado. a sarga teria um coberto pequeno, feito por nós com umas madeiras velhas dispensadas das necessidades dos senhores, e ali ficaria, bem ao lado da nossa casa, encostada a uma das paredes. e era como eu temia que enlouquecesse mais ainda, como ficaria pior protegida de tudo para as noites de tempestade, agachada numas madeiras bichadas e velhas sem proveitos para lutar contra águas e ventos. mas nada mais podíamos, era preciso assim, para desgraça da vaca e do coração de todos nós. já o aldegundes andava apertado sem acreditar que expulsávamos a sarga de casa, metida para o campo como um objecto capaz de sofrer.

eu explicava-lhe com cuidado que era para o meu bem, limpo o quarto onde ela se metia à noite, desfeito de esterco e palhas, daria uma boa sala para uma cama e uma arca onde guardaríamos corpos e roupa, eu e a ermesinda. mais tarde veríamos o que fazer. assim que ermesinda emprenhasse e os filhos viessem ocupar espaço, logo buscaríamos auxílio, em troca das forças dos braços e horas, a dom afonso que nos poria em lugar maior. estava falado com ele, conversa de meu pai, a vir da casa com a cara brilhante de felicidade, dom afonso autorizou, vamos ter casamento e desfazer a solidão do rapaz. vai ser um homem, vamos ter um homem. ergui as mãos à cara e tentei acreditar que casaria com a ermesinda, a bela rapariga a esconder os olhos, e como dedicaria meus dias a enchê-los da minha imagem, para que viesse a sua condição de mulher apenas da minha condição de homem.

não me era permitido saber exactamente quando teria casamento. passava algum tempo desde que me fora comunicado o decidido, que eu estaria já com dezassete anos e seria impossível continuar à responsabilidade do meu pai, que permanecia ocupado com a criação do meu irmão e com a aflição de minha mãe, mulher pior do que as outras, incapaz de estabilizar por completo as suas falhas, tão naturais. dessa ninguém o livra, é de lei, mas dos filhos pede deus que se larguem os pais para que se multipliquem. assim como ter de ir embora porque o tempo estava decorrido e nada mais faltava fazer. o meu pai via a minha mãe de cangalhas e era como se explicava a maravilha de finalmente despachar um filho por completo para a idade maior. mas não ia eu embora de realidade. se ficava ali no lugar da sarga, ainda estaria tão ligado aos pais. mas era por começo. por começo a idade maior traria uma responsabilidade de imaginar que viveríamos autónomos uns dos outros, por tanto que parecesse ficar tudo no mesmo, mais uma mulher apenas.

o aldegundes era que ficaria com a nossa cama só para ele, muito apertada para dois, muito larga para um, como se contentaria ao menos por isso. e ali se teria acordado melhor do que nunca, a reparar nos gemidos dos nossos pais, cama ao lado, a entender como significariam no meio da escuridão. e era sempre o mesmo, desde há tanto, o meu pai deitando-se mais tarde, já a minha mãe adormecida de ressonar e tudo, e ele, com um empurrão que se escutava, entrava nela a acordá-la e, já hábito, a ela a surpresa não lhe trazia som à boca nem contorção maior. era só um súbito silêncio no ronco que dava lugar ao gemido, um pouco depois, para um alívio rápido do meu pai. quantas vezes nos suspeitávamos acordados mutuamente, eu e o aldegundes, quando no fim de tudo podíamos rebentar de desejo, correndo no pensamento todas as raparigas solteiras e casadas da terra, e forçando o sono a levar-nos a consciência como se quiséssemos esconder a cabeça do seu próprio corpo. e assim era, deitados de rabo para o ar, adormecíamos para longe dali.

o aldegundes falava sobre o que seria o futuro dele, se igual ao meu, preparado para casar-me, já um homem. por algum estranho motivo, os seus doze anos não eram muito iguais aos meus. pertenciam-lhe maiores fulgores de ideias, palavras mais vazias de realidade e muito imaginadas, como se alguém lhe desse instrução de sonhos secretamente. mas instrução nem uma seria a dele metido entre animais e plantas, conduzido entre nós mais impertinente que muito do que se lhe devia permitir. por isso, talvez não fosse estranho lhe custassem mais as partes da natureza, penduradas entre as pernas sempre a arder, ainda sem consequências líquidas, apenas comichões constantes. é que lhe pertenciam também grandes consciências do que seriam as mulheres, feitas de carne à nossa medida, como carne feita às nossas necessidades, para serem espertas num ofício nosso. nessa altura ele ansiava por se ter perto da nudez das raparigas, não menos do que eu, mas a idade e o desajeito não lhe permitiam estratégias plausíveis nem esperanças muito animadoras. sem alma, era cabisbaixo que aparecia, entretido a conversar com a sarga como se lhe perguntasse coisas de adultos que só ela escutasse sem se enfurecer. constantemente era acusado de ser um moço esperto a optar por ser burro. não te faças burro, rapaz, abre os olhos e cresce, dizia-lhe o meu pai, quantas vezes a evitar acertar-lhe uma tareia. passava-lhe a mão rente às orelhas e era de propósito que falhava.

dom afonso achava que a minha irmã brunilde podia aprender a criar trajes, agora já tão velha, catorze anos montados em cima dela, ele achava que sim. pois se era meio de ela o agraciar com peças de vestuário originais, era meio de se ter mais valiosa na sua delicadeza e se furtar aos serviços duros a que estaria destinada mal seu tronco e pernas endurecessem. assim, delicada se manteria, garantida por mais tempo uma atraente amante para os anseios do senhor. és uma servente cheia de sorte, dizia-lhe eu, aberta assim ao meio por um velho tonto de amor. não sejas parvo, aquilo não é amor, é do cheiro, a outra só lhe cheira a merda, a mim põe-me a banhos constantemente para parecer que venho das nuvens como os anjos. deve ser aborrecido. aborrecido é quando lhe dá para pôr por trás, à frente já não me parece nada. a nossa brunilde estava uma rapariga linda e donzelada de modos, cheia de vontade e com o corpo habituado, não haveria de ser nada de insólito que se pusesse de gabaritos, ensinada para o serviço dos homens com requintes que lhe vinham de altos convívios. assim lho previ na altura, ainda acabas viciada nessas sabedorias, que servir um senhor de grande inteligência e linhagem há-de ser como criar vício de comer as melhores coisas da mesa. ela abanava a cabeça e sorria, como se sentisse calma e estivesse certa de que toda a vida lhe fossem abundar os mais nobres senhores.

a teresa diaba era quem vinha muito por mim. parecia uma cadela no cio, farejando, aninhada pelos cantos das árvores e dos muros, à espera de ser surpreendida por macho que a tivesse. era toda carne viva, como ferida onde se tocasse e fizesse gemer. abria-se como lençóis estendidos e recebia um homem com valentia sem queixa nem esmorecimento. era como gostava, total de fúria e vontade, sem parar, a ganir de prazer. não queria nada mais senão esses ocasionais momentos, estropiada da cabeça, torta dos braços, feia, ela só servia de mamas, pernas e buracos, calada e convicta, era como um animal que fizesse lembrar uma mulher, servia assim como melhoria de uma vez que tivéssemos de fazer com a mão. eu sabia que mais do que dez se punham nela. só ali éramos cinco, que o meu pai devia tê-la muito durante o dia, e o cristóvão das carroças, que estava de viuvez há anos, diziam os atentos que se fazia dolorido para se disfarçar das putas que rodavam por casa sua. também o pedro das montadas, atacado de urticárias e tiques vários, estava perdido de famílias e sozinho, mais feio que a teresa diaba, se a comesse era refeição melhor do que merecia. e o teodolindo, meu amigo, com quem aprendi muito sobre essas coisas de capturar raparigas, sobretudo a diaba que, mais novos, partilhávamos para vermos um no outro o que haveríamos de fazer.

a teresa diaba era assim chamada porque fumegava das ventas quando enervada. não era mentira nem conversa das pessoas, era mesmo assim, inalava muito, bufava, encarnava-se de fúria com facilidade, assim a víamos a encher a cara de sangue como vinho dentro de uma tigela. e depois as narinas abriam-se para fumegarem como canais de vapor para alívio às caldeiras do seu coração. eu dizia-lhe que parasse de bater os cascos no chão, que fizesse pouco barulho ou viriam descobrir-nos ali nas pedras, enganchados um no outro. dizia-me que cascos tinha eu, o dos sargas, que afinal era o que diziam todos, que éramos gado como a vaca com quem familiarizávamos. e eu retorquia, ao menos os meus cascos são deste reino, os teus são do inferno, onde tombarás a alma para pagares a cabeça que tens. e a cabeça dela não dava para grandes pensamentos, queria só que lhe tomassem de enchimento e a deixassem à deriva para recuperar o fôlego. dispensava conversas, era mulher de maior burrice do que lhe competia, e por isso animava-se de poucas lógicas, aflita só com instintos e mais nada.

eu retirava-me dela, molhado de líquidos, e recuperava as vestes no lugar para regressar às vacas, ao leite, às leveduras e ao tempo do queijo. não podia deixar de pensar em como seríamos esse gado. os sargas, a vivermos com uma vaca, mas nada de ter uma vaca para que nos trouxesse o leite, se era velha de mais, e nada para que nos aquecesse a casa, se o aldegundes limpava o esterco constantemente e entre a porta e a janela os buracos ventavam o mais que se imaginasse, arrefecidos de interior. era uma vaca como animal doméstico, mais do que isso, era a sarga, nosso nome, velha e magra, como uma avó antiga que tivéssemos para deixar morrer com o tempo que deus lhe desse.

quatro

passava o curandeiro cheio de sabedoria e conselhos de boticário. alinhámo-nos em minutos para que nos verificasse as alterações de postura, cor e odores. ele rodava muito lento cerca de cada um e desconfiava de tudo, parecia procurar falhas como se fosse do espírito de cada pessoa. escarafunchava buracos todos, descobria-nos coisas nunca vistas na pele mais escondida. mas era pelo feitio exterior, como qualquer nódoa nas mãos que não saísse com água, que ele nos estudava. depois tirava instrumentos de bater ou apertar, passava as mãos sobre nós a magoar nas zonas doridas, e zangava-se pela nossa falta de atenção, já nem sabíamos como nos aleijáramos. ficávamos à espera que nos desempenasse braços, peito e pernas, que nos tapasse feridas abertas, que nos descobrisse parasitas ou outras coisas esquecidas no corpo. e ele lá nos mandava ao boticário também, a tirar da cabeça coisas para beber e comer de necessidade para a saúde, porque nos dava frio aos pulmões e respirar podia ser difícil, ou porque o estômago rejeitasse os melhores frutos que comesse. o curandeiro vinha sempre para esticar o pé à minha mãe, puxava-lho, ela a gritar, a desentortá-lo um bocado, como dizia, e que pena não poder fazê-lo mais vezes se, na insistência, o pé tornaria ao seu lugar. mas ela duvidava de medo, também atazanada com ele a mexer-lhe nos olhos, deitando-lhe vapores e bufando para dentro. o meu pai perdia muitas vezes a paciência, dizia que merda para aquelas coisas e, furioso, saía-nos da beira. o curandeiro gritava-lhe de alto, que às ordens de visita de dom afonso não haveria de ser mal obediente o meu pai. por isso, o sarga voltava mansinho de obrigação e permitia que o curandeiro lhe enfiasse dedo nos ouvidos a doer-lhe, como se fizesse de propósito. se o senhor sarga não ficar quieto ainda lhe dói mais, dizia quase sorrindo de dentes incrivelmente brancos. o curandeiro, eu notei, sabia que ao meu pai aproveitava muito a tortice de minha mãe. com o pé em modos de pouco andar, ela haveria de estar sempre por ali, e mais que a fúria do meu pai pudesse acontecer um dia, à minha mãe não lhe valeria corrida alguma. haveria de estar parada por natureza, à mercê da sabedoria do marido. e mais nada se intrometeria entre administração tão correcta de um casamento.

o aldegundes pedia ao curandeiro pela sarga constantemente. que fosse a vê-la, tão bom se nos dissesse como engordá-la, ainda que as nossas rações fossem nenhumas de tanta pobreza, e que a erva lhe parecesse sempre um tão desinteressante prato. mas ele não estava pelos animais, e só a insistência do aldegundes e a anuência do meu pai o levavam a olhar para a vaca e dizer que estava muito velha, já era bênção suficiente que não morresse. mais do que isso ele não fazia, nunca tocaria no animal, se depois seguia directo para a casa de dom afonso, a vê-lo e à dona catarina, para lhe descobrir chatos nas partes da natureza, como eu saberia mais tarde pela brunilde, também contaminada pela praga, a coçar-se feia de gestos pelo caminho, à vista de todos. não se apanham chatos durante a virgindade, é o que se notava, e ela com catorze anos estava solteira de noivos e maridos mas nada de castidades. o curandeiro podia garanti-lo, informado das necessidades femininas dela, algumas dores que lhe deram tempos antes, segredadas para que não fossem uma gravidez indesejada. e não era.

o aldegundes apartou-se embicado de arrelio e não quis falar com ninguém. estava predisposto a deixar de ser amigo de todos, se a sarga ficaria ali para correr quaisquer perigos sem apoio. agora que a tiraríamos do seu poiso e a teríamos fora da casa, encostada a uma parede debaixo de uns tristes tapumes, e se não nos batíamos por que engordasse de forças e aspecto era porque a deixávamos a morrer do azar da nossa tão grande desumanidade. o senhor santiago, o curandeiro, fungou-lhe para cima e ordenou-lhe que crescesse de atitudes e responsabilidades, não fosse perpetuar indecentemente a fama do pai de dormir com vacas. e era o que se dizia, que dormia com as vacas e a uma até lhe pediu os filhos que tinha, por isso a tratava em casa como membro da família. assim terminou a visita. todos nós para cada lado tombados de tanto nos enfiar dedos e mãos, irritados, maltratados de termos uma vida cheia de maleitas de corpo e imprecações de cabeça.

foi o curandeiro que levou recado à minha amada. assim eu a tinha, posta no coração de tanta ansiedade e fascínio de beleza. e ele convinha, muito douto e sabedor, mesmo tocado de alguma nobreza pela amizade que lhe vinha dos senhores dom afonso e dona catarina a salvo nos seus cuidados, e lá me dizia, estás bom de corpo e cabeça, darás bom juízo a uma rapariga tão criada. eu encolhia os ombros de alegria e pedia-lhe informações. ele não me contava nada, e verdade bastava-me que me dissesse dela a saúde e a curiosidade em saber com quem se casaria. e assim era. perante a minha insistência, ele acedeu a dizer-lhe que eu a amava e que, turvado desses sentimentos por si, estaria disposto a elevá-la num matrimónio onde a respeitasse como poucos maridos o fariam. aconselhou-me dos chatos e dos preparos para a noite de conhecimento. como eu deveria estar sem ameaças dessas pragas, para não imprimir uma dor logo no tempo de ensino de como se dormia com um homem. que fosse delicado com ela e não quisesse que a rapariga soubesse demasiado à primeira. tantos homens estragam as mulheres por ganância de fazer tudo na primeira noite. dão-lhes prática em demasia que lhes puxa ossos para além do possível, até lhes tiram carne a caminho de entrarem, o que as desfigura de apetites maiores para muito tempo ou mesmo para sempre. tens de lhe dar tempo, deixar que aprenda e ganhe alguma confiança, de outro modo fugirá de ti o resto da vida, assustada com o tanto que a quiseste ter. e eu fazia contas à vontade e ao desejo, e tentava começar a acalmar quando ainda só me apetecia metê-la debaixo de mim e enervar-me ainda mais. mas era natural que estivesse louco por conhecê-la e que acalmar me doesse, pois que sem sacrifício nem mereceria tão perfeita moça.

era o que revia, à noite, nas palhas da cama achegadas de lado para lado na minha impaciência. o aldegundes a dormir de paz e eu no escuro a medir o arfar da sarga e a pensar como mudaria tudo. como aquele arfar sairia de dentro de casa e naquele mesmo lugar gemeríamos casados de fresco, e como ali onde ainda estava se escutaria tudo para deixar os meus pais envergonhados de velhice e o aldegundes acordado de juventude. era só o que eu queria, que o curandeiro lhe dissesse e ela se apaixonasse por mim, lavada de amores para se prender aos meus planos e melhor obedecer ao nosso casamento.

cinco

naquela tarde desci à terra, fugido dos animais por um breve tempo. apontei-me ao trajecto de ermesinda entre casa e fonte. saía pela porta lateral e encostava-se às paredes como essa coisa branca que me impressionava, e dava as boas-tardes ao pai que a geria com os olhos rua abaixo. ele ali, agarrado ao percurso com distância, a cargo do ferreiro da terra a amolar e a limar pesados instrumentos, e ela seguia assim permitida, a fazer discretamente o que lhe era pedido. voltava lavada na fonte do rosto, mãos e braços e luzia no sol assim molhada, como folha verde muito clara, dada de orvalho pela manhã. e assim subia com um cântaro pequeno de água fresca, seguro com treino até ao centro da sua mesa. ao que entrava em casa, revista por seu pai, correcta na volta, no tempo e no recado, nada mais lhe seria autorizado, e a nada mais se candidatava. e naquela tarde eu esperaria qualquer coisa que me dissesse da entrega da notícia que deixara com o curandeiro, mas nada lhe alterou o sobrolho à vista da minha pessoa. nada que o senhor santiago lhe dissera sobre mim parecia existir. e eu suspirava, como tanto queria que ela soubesse ser eu o candidato, ter-lhe-iam dito os seus pais, perguntava. que teriam contado à pobre rapariga sobre mim, se teriam. nada que eu visse, estava como recatada de sempre sem querer que se notasse ir prometida, e entre a discrição do mando dos seus pais não acusava mais vida que lhe fosse própria. foi como fiquei desiludido com a esperança de lhe ter dado sinal suficiente para que se amigasse de mim com o olhar e, quem sabe, num dia não vigiada, pudesse até dirigir-me palavra. dirigir-me palavra e, enfim, iluminar-me como iluminava a escuridão e envergonhava todas as sombras.

nas coisas do coração não entravam substituições, mas compensavam-se bem com devaneios do corpo a subalternizar o pensamento às aptidões daquele. por isso, busquei a diaba para me vingar nela do compasso a que estava tomado meu tempo, desfeito de autoridade minha, só esperando que os pais dela decidissem se a largariam para casamento tão depressa. e a teresa apercebera-se da minha efusiva maneira, e estrebuchava de prazer mais acelerada nos proveitos, como lhe apetecia sempre quando era brutalizada pelo homem que atraía. a diferença entre ela e uma vaca ou uma cabra era pouca, até gemia de estranha forma, como lancinante e animalesca sinalização vocal do que sentia, destituída de humanidade, com trejeitos de bicho desconhecido ou improvável. e era como lhe vinha naquele fim de tarde, posta sob mim a bater com a cabeça no chão para se verter de submissão aos meus grilhões.

depois, voltei a casa e pior dia se tornou ao perceber o aldegundes em loucura apressada. não seria algo de mais vê-lo ali, empoleirado na sarga a consolar-se de quase nada que não lhe viesse só da cabeça. é uma insanidade, apenas uma coisa parva de pensar e querer fazer, só daria prazer pelo pensamento porque as suas formas eram desabitadas de beleza e natureza para os homens, não haveria sentido nenhum no que se estava a pôr. como um pesadelo que gostasse de concretizar, ao invés de um sonho, e assim era. o aldegundes parecia ali como se gostasse de pesadelos e eu avisei-o dos perigos. acusado a dom afonso ou, quem sabe, até a el-rei, estaria desgraçado de tudo. coitado do meu pobre e burro irmão, nem a diaba lhe teria ocorrido, tão novo de corpo e inteligência era assim ridículo a pôr-se na vaca. jurou-me que não o fizera nunca senão naquele dia, e só porque já não era tão criança e o trabalho lhe dava desesperos de que queria compensar-se. e eu contei-lhe da teresa diaba, melhor do que pudesse ocorrer-lhe um dia sem preparo, e de como estaria eu ali de mãos para lavar, a cheirar a ela de tanto me ter metido lá dentro, e assim deveria ele aguentar-se em euforias que lhe viessem. disse-lhe claramente, numa qualquer euforia, apanhá-la distraída por aí, sem deixares os outros verem demasiado, e pões--lhe as mãos no cu para que perceba ao que vais, não vá enxotar-te sem paciência, e alivias-te, que para isso a sustentam por aqui. ele, olhos abertos de parvo, sentiu dificuldades de fôlego e iniciou a contagem. partido eu para os animais, a ver meu pai que coisas me guardaria em espera, já o aldegundes saíra a ver onde parava a rapariga estropiada para a cobrir como pudesse, garrido de tão corado, partes da natureza em chamas.

pouco me importava a fama da família, já não era isso. só tínhamos de desviar as atenções do meu pai, não fosse ele saber das sevícias sobre a vaca, era bom que se agradasse de saber a masculinidade do filho posto na diaba, escola de tantos nós, mas da vaca eu não imaginaria que loucura lhe desse tal informação. jurámos um silêncio de morte entre os dois, como irmãos de sobrevivência, e remetemos o sucedido para o mutismo dos absurdos como se ilusão ou história contada pudesse ser. vimo-nos em casa de ar esperto e esclarecido, parecidos a comportados rapazes sem faltas a confessar, sem perdões a pedir, e a satisfação do aldegundes era real, como infinita a sua gratidão pelo testemunho. a cada dia atirado para fora da cama a agarrar o trabalho em garra, pela hora em que se escapulisse para se comer da teresa diaba, com o jeito prematuro com que parecia fazer tudo.

com duas moedas de prata iria eu compor o espaço da sarga para servir de reserva ao meu casamento. teria uma cama de novas palhas e uma arca seca feita de madeiras decentes para conservações essenciais. essencial seria corrigir as portadas da janela, completas nos lugares onde se puseram tecidos velhos sem cuidado para o vento. também a porta era só remendos e seria bom deixá-la mais forte, não fosse abater-se a qualquer momento para nosso susto e preocupação. no resto, estaríamos contados para os preparos da minha mãe, suposta no nosso trato como tanto precisaríamos de início, se dom afonso, autorizando o casamento, nem assim me aumentava o estatuto de responsabilidade ou assiduidade e, para grandes efeitos, eu continuaria o mesmo jovem possante a ajudar o pai nas coisas dos animais. era como ficaria, casado de autorização devida mas pouco nos dinheiros, uns dois ou três dinheiros seria o que haveria pelos bolsos para quase nada poder comprar, e se algo nos faltasse a correr, a correr deveríamos acudir-nos de pais e dom afonso a ver o que se faria. e assim estávamos instruídos, eu e meu pai, para não refilarmos do que viesse, tão claro se afigurava o contratado. e se aqueles dois torneis já mos oferecia dom afonso para a compostura da casa, de dinheiro estávamos agradecidos e nada mais pediríamos. ermesinda chegaria e dois dias de descanso, duas noites equivalentes, seriam o tempo dela para ambientar sua alma às propriedades do nosso senhor, após o que faria o trabalho de falta nos animais, seria perfeita para os queijos, havia venda e tanto nos

46

apressávamos sem conseguir justificar a produção. com o tempo poderia tratar da venda na feira do caracol, era só uma vez por mês e não lhe daria problemas a solidão e a beleza se soubesse ter-se discreta a desencarar o freguês. estava tudo assim dito para que fosse, e entre as ansiedades do casamento muito do que estaria mal conversado já não acudiria meu espírito, tão mais encantado com generalidades do que com pormenores. que viesse a minha amada, era só o que queria.

pela incapacidade de esperar de braços cruzados, diariamente assaltava a cidade com as minhas escapulidas. zanzava em esconderijo pelas paredes e becos procurando não ser notado na observação acompanhada das saídas da ermesinda. era grande, e cada vez maior, o intuito de me exceder e lhe dirigir palavra, mas como seria perigoso fazê-lo, arriscar a desonra de desobedecer aos intentos dos meus futuros sogros e procurar a rapariga antes que me fosse devidamente concedida. por isso, esperei pela voz dela que veio no momento em que fui levado a sua casa a pedir-lhe a mão. sem condição nem honrarias que me levassem ali refinado ou melhorado, o que faria senão deixar que o meu amor se notasse, há tanto fulgurado para o interior de mim e intenso para sair à brancura do seu ser. e lho disse assim, depender de mim será só digna sua pessoa, posta sobre meus braços como anjo que o céu me empresta, e deus terá sobre nós um gosto de ver e ouvir que inventará beleza a partir de nós para retribuir aos outros. casai comigo formosa, tanto quanto meus olhos algum dia poderiam ver. e o meu pai sorriu sem saber que coisas tinham vindo à minha cabeça, moço, confessava, ai a juventude, esperam do futuro tudo o que sonham, mas que fazer, são coisas que se aprendem, e vale mais que partam eufóricos pela vida do que tristes sem mais querer. e ela encarou o pai que sorria, a mãe coberta de lágrimas, e sorriu, agradeço o que me dizes, meu pai decidirá pelo melhor, informado por deus e experiência como está. e o senhor pedro esfregou as mãos e achou que sim, compadre, estávamos certos, quero muito que seja um bom rapaz, e não foi por conhecê-lo há tantos anos que lhe vi falta alguma. o seu moço é um moço nosso, será marido da minha ermesinda e fará os meus netos, se infelizmente deus não me deu mais filhos compete aos seus a minha linhagem. e assim será, compadre pedro, encheremos a casa de netos, eu lho garanto pelo meu filho que é homem de grandes forças.

deus dava muitos filhos a todos, menos ao senhor pedro, a dom afonso e ao meu pai. o senhor pedro magoara-se nos ferros e era muito falado que se tinha despojado de partes da natureza sem querer. percebi que se contava que feita tão bela filha deus lhe tirou a proeza de repetir, não fosse estragar o mundo com algo que se reservava para o paraíso. dom afonso era muito velho desde que casado, dizia-se que secara de líquidos, mas podia ser dona catarina que estivesse estragada de útero, se corriam tantos boatos de engravidar e lhe saírem os filhos como carnes desfeitas em poucas luas. e meu pai era como eu sabia muito bem, o curandeiro farto de garantir que a minha mãe estava seca como uma pedra, impossível vir dali alguma criança, bicho ou coisa. não pode vir nada, gritava o senhor Santiago, nada, como arranjou estes filhos conte-nos o senhor sarga, porque da sua mulher nem adianta pensar nisso, deus até lhe corta a língua. e era como se dizia, que éramos filhos da sarga, sem grandes rodeios, éramos como filhos da sarga. o senhor pedro a encarar-nos e a dizer, não acredito nessas coisas, é só o que povo diz. e confio em si, compadre, não poria em cima da minha filha um rapaz que fosse possante por ter sangue de boi. e eu entreolhava-me com meu pai, descortinado da conversa às abertas na minha presença, e sabia eu que tinha de ser verdade que se pusera na sarga, se dava ao aldegundes burrice igual, e por costume tão perto ficava a língua do povo da verdade mais escondida. mas de resto era só impossível, ninguém pode nascer de uma vaca só por força do leite de um homem, que misturado no útero do animal serve tanto como outra água qualquer. não dá filhos ter prazer para dentro de um animal, seria como tentar acertar numa árvore com uma pena a metros de distância, é parecido com atirar uma pedra, mas não serve de paulada alguma.

seis

refaladas todas as coisas, era comigo que a ermesinda se casaria, duvidado de ascendência mas bom de aspecto, muito largo e viril, como aos melhores homens se pede que sejam. será um ajuizado chefe de família, reiterado na valentia e astuto nos recursos, está protegido por um misericordioso senhor, garante a nossa filha como se precisa, terá a sua mão e a nossa familiaridade, marquemos a hora para que se festejem nossos intentos e corações decididos. e eu humedeci os olhos, criado de emoção, apartei-me feliz, iludido com o amor como devia ser.

em maio era quando se casavam os noivos de sorte, escolhido o dia de são pancrácio, a velar-nos as juras, com as chuvas meio levantadas, os calores ainda previstos, a claridade dos dias muito imposta como supremacia do que se via sobre o que se sentia, e era como se via no ar essa cor tão forte que deixava felicidade pelos lugares. a igreja de cristo redentor estava aberta ao povo que quisesse participar, e era repleta de velhas que se tinha, a cheirar a mijo e suores, quando entrei e me puseram à espera da ermesinda no altar. também cheirávamos os mortos sepultados chão debaixo das pedras, mal tapados de narizes bicudos e mal dispostos. a nossa igreja estava repleta. não havia muitos mais buracos a abrir onde enfiar mortos sempre a morrer. as velhas, mijadas e paradas nos bancos, até pareciam acorrer ali para nada mais. mais, era o que se devia, acertar-lhes com um pé na nuca para as abater de vez. se lhes perguntássemos alguma coisa, não tinham disposição de entender. olhavam mesmamente para a frente como se vissem para depois da vida. o teodolindo, meu amigo, sentado de orgulho e banho ao pé de mim, sorria e soltava-se de gases na cara de uma velha vertida para o chão. que porcaria de estropício se haveria de sentar à frente, queixava-se ela. era porque onde ele queria ficar se havia metido a mulher sem reacção nenhuma, só como uma pedra morta a marcar lugar.

a cerimónia não teve grande ciência, abençoados pela confissão como estávamos, pedidos pelos pais para nos casarmos, nada se apoquentava com nosso acto e só praticá-lo era preciso. por isso foram ditas as palavras sem grande tempo e já a arca da ermesinda tinha sido levada para nossa casa tão preparada, e era como o seu enxoval ficaria guardado para nosso uso, muito dele para mais tarde, quando me autonomizasse verdadeiramente da casa dos meus pais e não estivesse a disfarçar o espaço que cabia aos animais. e era como dizia o aldegundes, revoltado com a expulsão da sarga, haviam de ser vocês, os dois, a peidar e a cagar o suficiente para aquecer a casa à noite se isso compete por natureza ao gado que se tem.

lá estava a sarga debaixo das madeiras mal seguras. realmente mal seguras, como, à pressa, ainda tive de ser eu a alojá-la. poderia fugir, chorava o aldegundes, vai fugir como parece fazer tanta força sempre que chove, vai esconder-se em lugar que desconhecemos e deixaremos de a ver. era cruel da minha parte alhear-me do seu sofrimento, e mais cruel dizer-lhe em surdina que se calasse dos pretextos pela vaca, não fosse viver um amor estouvado de porcaria e alguém notasse. não fosse o meu pai, passivo e desimportado, notar algum sinal da sua ainda burra masculinidade. não sejas burro, aldegundes, deixa-a a dormir assim, às vacas tanto se lhes dá os confortos, e a sarga quando se assusta faz um grande temporal, nada do que temos esta noite. o meu pai não foi a vê-la, não se inteirou do coberto que lhe fizera eu, e ela estava metida debaixo das madeiras em espaço exíguo, e o meu pai nem perguntara que fora da vaca, já bom tempo decorrido no meu casamento. estava para a cama mais cedo que minha mãe, e ordens claras, todos a dormir que não queria nem fogo nem barulho acesos a impedirem-no de descansar. a sarga estava calada, o aldegundes calou-se, eu e a ermesinda gememos, sem custo, gememos.

uma virgem, de sangrar e tudo, mas que não é feita mulher pelas dores, que poderia significar, perguntava-me eu. nem por um só momento imaginei que se faria mulher sem dores, num silêncio só gemido como naturalmente um casal geme já tempo decorrido. como meus pais, sem novidade ou esforço, apenas o gasto esperado e remediado da rotina. não que fosse destituído de prazer ou forçado à euforia pela novidade, mas que a novidade lhe fosse tão simples e benfazeja da partida à chegada. sob mim a receber os meus jeitos em paz de proveito, muito delicada sem dizer palavra que me quisesse pedir maior cuidado ou carinho. nada. e o lençol sujou-se de sangue e assim o apresentámos aos meus pais para que surdamente se espalhasse o orgulho de toda a família. o teodolindo, jurando por nós nos votos religiosos, abriu os dentes em flor, bateu-me nas costas muito amigo e disse-me, chegaste bem à idade adulta, tens mulher e honra com que te servir. não percas nada.

eu tive toda a ideia disso. enchi o peito de mim, feliz de ser quem era. só mirrei um bocado à lembrança de que ele, o teodolindo, o meu melhor amigo, estava ainda longe de se prender. tens recordações em demasia das partes da natureza, tens de esfriar por baixo e ver as raparigas por cima. esquivava-se nas árvores, desaparecia, metido para os seus segredos sem mais conversa.

disse à minha ermesinda que se estendesse nua na cama. que eu a queria ver à luz da vela, muito próxima de cada pedaço da sua pele. ela pareceu acalmar quando lhe pus a mão suave no contorno da anca. lembrei-me, toca-lhe com leveza, tal fosse coisa de partir da casa de dom afonso. porcelana da colecção de dona catarina, faz de conta que, se errares, não voltas a ter tamanha felicidade e deves ter por tal momento todo o cuidado possível. toca-lhe por amor. e assim fiz, segundo as palavras do senhor santiago. depois, ela perguntou se teria de ganhar barriga por cada vez que eu a conhecesse. e eu sorri com sua burrice, e até a amei mais ainda, por corresponder perfeita à estupidez que se espera numa mulher. puxei-lhe a cabeça para trás e busquei-a pelo meio de mim, e ela ali ficou paciente a encontrar-se pelo interior dos buracos sem grande surpresa.

mandada a lavar os lençóis em discrição, ermesinda portou-se como tal, a esbranquiçar o seu sangue com dedicação. e muito diferente se pendurou aquele linho à vista do sol e de todos, esperado por dom afonso à boca das suas janelas, acordado cedo como à espera ansioso de que lá subíssemos para a apresentação combinada. e a correr nos fomos, os dois, no primeiro desmedo que tive de arranjar, liberto de meu pai para as coisas assim, entrado na casa grande para me honrar de virar homem de mulher e tudo. e a desmedo entrei, aberta a porta pela brunilde, que nos contara os minutos de chegar. uma palavra mínima, cortada à socapa para que se escondesse do que a casa pudesse ouvir, que ali dentro da casa tudo era passível de ser inteligente, era da figura e preciosidade das coisas, pareciam guardar vida incrível que se accionasse por poderoso feitiço à voz do proprietário.

era como nos sentíamos na casa de dom afonso, enterrados por preciosas peças que ornavam a casa, como eu imaginaria um castelo de el-rei. dom dinis, ele próprio, viveria ali de agrado sem queixa de qualidade ou luxo, era em que acreditava. parados, silenciosos de tudo como objectos a tremer, esperámos atentos que viesse chamado pela brunilde. esperámos, sem mais olhar que a porta por onde viria, e foi com um salto por dentro que o recebemos. sorrindo, bigode puxado pela mão para fremir os lábios e, que se visse, era claro que a ermesinda lhe agradava de beleza e frescura. e eu abençoei-me por ele de joelhos e agradeci infinitamente a oferta dos dois torneis, como gabei os aposentos em que tornámos o lugar da sarga. sim, essa vaca, dizia ele, quantos anos terá. talvez uns trinta, dom afonso. trinta anos que o teu pai a tem, parece impossível que não a tivesse desfeito em postas quando era de comer. meu pai tem apreço pela bicha, dom afonso. um apreço que lhe deu fama, rapaz. dom afonso saberá. uma mulher é melhor do que uma vaca, disso estou certo, do que o povo diz pouco me interessa, e a tua é uma bela mulher, viçosa nos modos, clara nos olhos, aberta nos membros. é muito bela, sim, como se regozija o meu amor por ela e mais ainda por se ter sem empecilhos ou maleitas. sim, bem vejo, rapaz, que tudo nela está aberto e pronto para a vida. se dom afonso o diz. digo mais, estou seguro que seu corpo se estenderá ao trabalho em grande rendimento e todos aproveitaremos do que souber fazer. por isso, sou capaz de jurar que fará da sua vinda para a nossa casa uma grande surpresa, como surpreso ficarei só de vê-la a cada dia e confirmar que existe tal beleza. assim, quero que passe todas as manhãs aqui a ver-me, deverá fazê--lo bem cedo antes dos horários de dona catarina, para que eu possa gerir o seu dia nos animais com atenção e especial cuidado. ouviste, rapaz, farei tudo para que seja feliz nos trabalhos e destino que lhe competem. se dom afonso o pede. agora vão, dona catarina levanta-se e há que tornar a casa desimpedida para os seus confortos.

naquele tempo o meu martírio começou. empoleirado nas bermas da casa, agarrado às janelas a desesperar de incerteza, fosse a ermesinda meter-se debaixo de dom afonso e que faria eu corno, apaixonado, morto de loucura por ela. nem meu pai me convencia, transtornado a deitar-me juízo cabeça abaixo, incapaz de me impedir de exercer a direcção devida no matrimónio que acabara de realizar. assim falávamos, que se estivesse posto dentro dela lhe arrancaria a cabeça numa só desgraça para toda a família. ou, se me esfriasse o pensamento e pudesse hesitar, talvez o matasse de venenos colhidos secretamente, cozinhados à sua boca com o auxílio da brunilde. senão, muitas cobras poderiam ser minhas presas por um tempo, até que as soltasse infalíveis no quarto do filho do demónio. mas nada da boca da ermesinda me confirmava, nem os olhos que lhe deitava às partes da natureza, abertas em bom sol, me diziam o que ali poderia ter entrado. e mesmo ao toque dos dedos nada parecia diferenciar os seus dias das nossas noites. e era como me enlouquecia, nada saber e saber apenas o que me queria confirmar dos bons intentos de dom afonso. ela dizia que entrava para a sala de grande nobreza para uma conversa muito rápida, em que o senhor lhe perguntava pelos queijos, tão apropriada das tarefas logo de início, e depois lhe desejava bom trabalho em simples continuação de instruções já dadas. mais nada. era como perder tempo, parecia, não acontecia mais nada. dizia-me a minha bela e calada mulher, olhos não abertos dos pés, delicadeza à minha mesa e na minha cama, como coisa branca que me impressionava.

era diariamente, como diariamente ali a mandou, e tudo o que eu fazia para os alcançar em conversa não era suficiente. nem pedido à brunilde o serviço se fazia, mandada embora com veemência, as portas fechavam--se para que nada visse ou ouvisse. e dom afonso não saía de lá a arfar, causado de rosadas faces, abafado de qualquer modo, trôpego, aflito de calores, odores, feridas tocadas, cabeça pesada, nada. saía por seu pé igual como entrara e, sem análise maior, nada parecia acusá--lo de comer a rapariga. puta que o pariu. porque andaria a recebê-la perdia sentido, e tempo decorrido desde a primeira vez, cada vez se parecia mais com um improvável jogo de gato e rato onde o rato, eu, não conhecia as regras. que mais podia senão mugir dia inteiro a trabalhar, furioso sem respostas, adormecido cada vez menos e acordado cada vez mais.

até o teodolindo posto em cuidado nada me dizia. podia fazer coincidir com a visita da minha ermesinda a sua entrega dos trajes do dia. mas não ouvia nada para lá da porta fechada da grande sala. atentamente entrava de orelhas aguçadas, entregava os delicados trajes de dona catarina aprumados de véspera e saía por mesmo pé e silêncio. não lhe parecia ser real que alguém se tivesse de sexo para lá daquela porta, que mesmo em modos meigos um dia haveria em que se soltaria um gemido revelador, um soluço de garganta engasgada, um tropeço no chão ou arrastar de uma cadeira. mas nada. afirmava o teodolindo por cima das notícias da brunilde, nada se ouvia porque nada devia estar a acontecer. claro, além disso, vozes, a voz de um e outro, espaçadamente, percebia-se baixinho, vindas de muito ao fundo da grande sala, sem contorno suficiente para organizar palavras. eram só sons de timbre e nenhuma definição.

como disse à minha ermesinda, ainda volto a pôr-me na teresa diaba só para sentir que conheço o bicho que tenho nas mãos. e ela corava de medo, talvez meus pais atentos a escutarem o que lhe dizia, e a minha mãe como pediria que não fosse bruto com ela. era porque lhe entortara o pé meu pai, descabido com ela num tempo em que eu era muito novo, e assim a ensinou de modos para sempre, tomada de respeitos por ele para o resto da vida, não quisesse que ele lhe entortasse também o outro. e eu acho que ela se escudava como vítima de quando em vez para que nos apiedássemos da sua condição de fêmea, mas eu nunca lhe admitiria que me chamasse a atenção para os tratos tão cedo dados a ermesinda, era porque algo me escapava ao entendimento, e desgraçada da mulher que saísse do entendimento do marido. por isso tudo devia estar bem explícito no seu espírito coarctado, mesmo mulher, determinadas coisas haveriam de ser passíveis de se manterem no seu espírito, coisas inclusive nada complicadas, como não pretender ter segredos para mim e não me encornar nunca. e se lhe dei o primeiro correctivo de mão na cara não foi porque não a amasse, e disse-lho, existe amor entre nós, assim te aceitei por decisão de meu pai que quer o melhor para mim, mas deus quis que eu fosse este homem e tu a minha mulher, como tal está nas minhas mãos completar tudo o que no teu feitio está incompleto, e deverás respeitar-me para que sejas respeitada. nada do que te disser deve ser posto em causa, a menos que enlouqueças e me autorizes a pôr-te fim. deitei-me, a minha mãe estremeceu no lado de lá da parede. o meu pai desconfiou do meu pulso para decidir da vida sozinho. o aldegundes arrepiou-se por todos, ali sozinho de mim, a saber que os nossos pais se juntavam menos na cama à noite, talvez imperfeitos também perante a minha juventude e da ermesinda, e a saber que cada um de nós se afastava para uma nova realidade, apartados pelas opções e papéis que nos eram destinados desde sempre. já não se levantava para acalmar a sarga, e a pobre vaca, talvez percebida de estar velha e pronta a morrer, deixava-se mais quieta e deitada fora, talvez temendo que as tábuas lhe partissem os ossos, se caídas com um coice que lhes desse. e o aldegundes já nada dizia, mais trabalhador e menos brincado.

do martírio que vivia fazia parte o que se abriu sobre minha mãe naqueles dias. dada de fezes líquidas e cabeça amarela, o curandeiro vinha por ela manhã e tarde a saber se morria. era impossível que estivesse grávida, já se sabia, e ele punha-se a meter-lhe os dedos para atingir uma criança que se formasse dentro dela, mas vinha sem nada. não sentia nada lá dentro que não fosse de lá estar. o meu pai olhava-o com a morte nos olhos, fazerem-lhe isto à mulher. era pela saúde de a preservar, mas se o infeliz tivesse um só segundo de prazer, morreria ali esquartejado de um fôlego. o senhor santiago concentrava-se e dizia, que esteja grávida é impossível, por dentro nada se sente diferente do que deve ser o interior de uma mulher, mas se pusermos as mãos e o ouvido na barriga sentimos pontapés de criança, é gravidez com certeza. mas não podia ser. aberta ao meu pai, foi entortada de tudo à quinta vez que o curandeiro veio e confirmou. o meu pai passou de pau a ferros e desfez-lhe as feições. se não podia emprenhar com ele, com quem emprenhara de estranhas formas, partes abertas à passagem das mãos, como se nada tivesse lá dentro. e ela prostrou-se no chão e nós saímos para o nosso lado, aninhados todos um tempo depois, meu pai, minha mãe, o aldegundes, eu e a ermesinda, metidos para o chão amuados como tristes estafermos, a juntar as mãos aos pés, sentindo-lhes a rudeza como cascos, feitos gado a que sempre cheiráramos.

e o meu pai, ele próprio, enfiou por ali dentro a mão e gritou, deixa ver se tens ovo. e fê-lo como às galinhas. e voltou a fazê-lo. e a minha mãe contorceu-se e calou-se.

sete

caí em cima dela como rachando-lhe a espinha ao meio. parecia mesmo que se abria em dois, partida entre as mamas, uma para cada esquerda e direita do outro lado das costas, eu muito bruto, uma pedra atirada sobre si para sua absoluta agonia. e foi o teodolindo quem gritou, matas a rapariga, e eu só olhei depois e vi que era a teresa diaba, carga descarregada, como se ela me tivesse saído do cu. estavas aí, perguntei, estúpida, mesmo sujeita a apanhar com um pássaro em cima, assim como eu tinha vindo a voar. cair da janela, barulho tremendo, dom afonso a correr e a descobrir que o espiava, era coisa de merda, pensara eu de imediato, e foi o que disse, minha puta, não sabias conter essa vontade, havias de me esticar as calças e fazer cair. e dom afonso barafustando aparecia às janelas que se abriam, gritava, impossível que aconteça tal coisa, espiado em minha casa, que marido cornudo nem assim se justificava, e era o que o teodolindo perguntava, marido cornudo, dom afonso, eu. e ele bufava, não me iludas, que vi bem a cara desse sarga, e hão-de os dois ter correctivo, isso é o que vos arranjo já. e eu esclarecia a diaba, olha, minha porca, és tão porca de tudo que nem te bato nem te mato, ficas aí despedaçada para vergonha do teu pecado, hás-de morrer de bichos que te comam viva para pagares o nojo que metes a deus. e assim que dom afonso derramou um alguidar de água sobre as nossas cabeças, partimos, rabo entre as pernas, os olhos baixos à passagem da cornadura, os cascos a baterem no chão pesados e sem caminho.

meti-me em casa sem ânimo nem brio. trabalhar de cornos à mostra não era coisa de aguentar, tentava justificar-me à minha mãe, estropiada de tudo na cama onde o meu pai a pusera, só gemia mais ainda por ter de constatar a condenação do sexo fraco. as mulheres são frutos podres, como maçãs podres, raios hão-de partir eternamente a eva por ter sido mal lavada nas intenções. e quando a ermesinda puser aqui o pé, o primeiro que lhe acontece é ficar com ele torcido duas vezes o da mãe, para não se esquecer nunca mais. sem pio, que deve vir de artimanhas para me iludir, será sem aviso e sem tempo algum que se terá torta para o curandeiro acudir. assim o disse a minha mãe e me pus à espera. e todo o dia nem veio nem dom afonso se sentiu. fiquei fumegando na casa, como a pegar-lhe o fogo da raiva, e atazanei cada segundo inventado por deus com as minhas podridões de consciência. como haveria eu de me vexar de tal modo, se apenas me importava cumprir o acompanhamento da honra da minha mulher. e agora que se abatera a desgraça da descoberta, como se saberia pela terra e seria animal ornado para gáudio de todos. não é boi, é touro, diriam.

todo o dia ela não veio, nem aos queijos foi vista, deixou-a dom afonso consigo guardada para protecção ou ataque. e dona catarina, como se apoquentaria com as tarefas nervosas na casa grande, percebida de estrondo manhã cedo, acordada de surpresa antes de sua vontade, e como atenderia ao seu dia uma precipitação da empregadagem e do marido que lhe não pareceriam naturais. à dona catarina dizia-lhe o marido, que a brunilde me contou, descansai mulher minha, estivemos em arrumos de coisas perdidas e algumas ainda não encontrámos, por isso entramos e saímos das portas como quem procura algo, porque assim é. e ela, nem descansada nem inteligente, todo o dia se pôs à espreita sem se levantar da cadeira onde se cansou com as pressas dos outros. e nada soube, que o marido tão ligeiro calou empregadagem com ameaça que os sentaria a todos de alívio às tripas.

e, quando a ermesinda veio, entrou no nosso lado da casa, solta das demoras de dom afonso, preparada para se explicar, sabia eu, e surpresa com a minha aparição gaguejou algo que não ouvi, tão grande foi o ruído de minha mão na sua cara, e tão rápido lhe entornei o corpo ao contrário e lhe dobrei o pé esquerdo em todos os sentidos. que te saiam os peidos pela boca se me voltas a encornar, definharás sempre mais a cada crime, até que sejas massa disforme e sem diferença das pedras ou das merdas acumuladas, e coisa que te entre pelas partes há-de cair e cozinhar-se para jantar. que em verdade, se filho algum lhe saísse de um homem que não eu, haveria de servi-lo ao jantar para a sua própria boca. e assim ficou revirada no chão, esfregada de dores corpo todo, a respeitar-me infinitamente para se salvar de morrer, e como me deitei fiquei, surdo de ouvido e coração, que o amor era coisa de muito ensinamento. que pena se estropiasse tão nova e depressa como foi chegada à vida do casamento. como eu preferiria que se mantivesse perfeita, para num todo me atrair de fantasias. mas poupá-la da morte era o único que me permitia, tão louco de paixão estava, tão grande amor lhe tinha, não poderia matá-la. de outro modo acabaria também de remorsos.

fechei os olhos e pensei em são pancrácio e no risco grande que a ermesinda correria se houvesse jurado em vão no dia do nosso casamento. se fosse verdade coisa que a igreja dizia, jura vazia feita a são pancrácio resulta em possessão por demónio infinitamente. e ai de ermesinda que se condenasse assim para longe de mim, tantas lhe daria que até espírito mau dentro dela saltaria de buraco algum para fugir de quantos pés tivesse.

na manhã seguinte, compôs-se e endireitou-se de verticalidade conforme pôde. difícil na estabilidade, porca de lágrimas e espolinhada no chão a noite inteira, dirigiu-me a palavra e disse, dom afonso pretende ensinar-me coisas de rapariga nobre, tem por mim um amor de pai, nunca me tocou com um dedo. eu, baltazar serapião, mais sarga do que nunca, idiota, chorei.

ficou-lhe o pé para dentro, ao invés do de minha mãe que lhe tinha ficado para fora, ficou-lhe para dentro e até um pouco para trás, e doía-lhe muito, e o meu pai viu-a e disse, eis o teu corno, meu filho, se não o tivesses feito o povo esqueceria, assim vais ter os cornos à mostra a vida toda. não percebera, e falava a experiência, e se calhar dizia-me que devia tê-la matado para a enterrar como cornadura inteira, longe das vistas da gente. se não morrera, e como a amava eu, haveria de ser uma fraqueza minha para sempre, como no íntimo assim a aceitava. à vista de todos.

dias calados se fizeram. muito mais porque dom afonso, assustado com escândalo que lhe aumentasse, abdicara das visitas, a desoras de dona catarina, por parte da minha ermesinda. assim também se tinha esquivado a manter-me em maior susto, nada mandando a conhecimento meu, recado ou pedido, tudo era silêncio em redor das suas ordens, nada diferia do que a vida devia ser. por isso nada fiz que me pusesse às avessas dessa paz, senão puxar as rédeas da minha mulher que se arrastava em dores entre os queijos e a casa, e perdera a língua de dizer coisas. gemia à noite segundo o prazer, bocejava ao acordar segundo o sono, e nada mais era som de sua boca, arredada das palavras por medo grande de morrer. e em dias desses estive eu muito atento a amá-la, rédeas curtas sim, mas a amá-la muito mais por sabê-la a retomar o seu lugar, estropiada do pé mas bela de sempre, rosto e figura feminina por que me apaixonei, era sem dúvida a minha ermesinda, a minha doce mulher.

à minha mãe, pasmada, não lhe vinha a maleita de natureza há muito. coisa que a mim parecia significar que outra maleita maior se sobrepunha à vinda daquela. o meu pai remexeu-lhe as entranhas por diversas vezes, jurava que punha lá os dedos e os abria longamente. estava convicto de que, se coisa ficara ali ou ali crescia, haveria de a enganchar numa unha e trazê-la cá para fora. se fosse pedra que caiu para dentro, distracção de objecto que tonto se perdesse, porcaria que comeu e não encontrou caminho, ficaria livre de mais penas e teria no tempo da cura o perdão que deus lhe quisesse dar. mas, se cria fosse, ali aninhada convencida de que a vida chamava por si, haveria a cria de se desenganar, esmagada nas mãos e pés do meu pai, rogando praga para que a sua alma se vendesse ao inferno, e por trela seguiria minha mãe, tremida e mijada de muito medo, assim oferecida por seu senhor ao corno do inferno. não queria imaginar, minha mãe tão velha, cega e estropiada e feia, metida com quem lhe entrasse dentro, que prazer mórbido seria o das coisas no sexo com velhas mulheres casadas, já prontas a entregar tudo à terra para poupança do nojo comum. mas se alguém a emprenhara de facto, visível estaria o resultado não tardaria muito, haveria de ser muito vil a sua alma, assim rendida às carnes de outro homem que não o meu pai. se meu pai a matasse de dores infinitas e raiva, mataria de razão para que purgasse sua alma a pedido do amor, talvez deus a salvasse após longo suplício, para depois a devolver à paz e para que meu pai a pudesse reencontrar nas águas do paraíso, apagada de todo o fogo que a consumira, eternamente cicatrizando as feridas, retomando com anos a beleza que tivera. no paraíso até as coisas tortas se endireitariam, postas no lugar de origem para serem apenas benignas, e regressados à beleza inicial seriam apaixonados para sempre com essa força dos principiantes no amor.

oito

pelo tempo de silêncio, pelo medo, o casal dos meus pais estava sempre pior, quando eu, cornudo ou não, desculpava cada acto para reagir de esperança e, ingénuo, reparar nos seus males e ajudar a minha ermesinda a melhorar. assim lhe puxava pelo pé para o lado contrário, como a desfazer as voltas que lhe dera, e também a poupava de esforços femininos quando, para completude do lar, o que faltava poderia ser abdicado pelos nossos sacrifícios. e assim me sacrificava por ela. calmo e a acalmar, dom afonso arredado. na cama em cuidados, a ermesinda oferecia-se aos intentos do meu desejo, capaz de se esquecer de dores maiores para cumprir obrigações. dormia profunda depois, paga do dia, contas feitas com atenção, certa de que na manhã seguinte acordaria no seu mundo e não abaixo da terra, a caminho do inferno.

a teresa diaba já não era filha de ninguém. por muito tempo que se defendeu de bicho e instinto, a diaba era só bicho e instinto, como coisa que veio do mato para se amigar da vida das pessoas. era assim como um animal selvagem com muita vontade de ser doméstico. presa às atitudes dos homens viciara-se em homens, e nada do que fizesse seria honra para qualquer pai que a tivesse. assim era como se dizia, já não era filha de ninguém, se até os pais se recusavam a recordar o nascimento de tão atrofiada mulher, parida entre pernas como feita para alívio, nunca para viver. era disforme em pequeno, ponto pequeno, já feia para assustar as pessoas, e menina, diziam, vai ser bicho do diabo a distribuir o pecado em carne tão azarada. e era nos azares da sua carne que se rejeitava a filiação, para isso se deitou a teresa diaba às sortes, e como vingou não se imagina senão por forças demoníacas que a alimentaram. diaba, grunhindo e zurzindo em busca do prazer, pendurada em galho de homem dia inteiro, batendo os raquíticos braços como asas, sem poder voar, sem andar direito, sem nada. todos lho diziam, anda, animal, some-te daqui a ver se te enfias numa toca e não levas uma pedrada. e ela sorria na sua meia loucura e rondava quem lhe falasse. como tive de lhe falar quando a vi, ou se calava do que viu, ou punha-lhe lâmina ao pescoço para a calar de vida. era assim simples, se abres a boca para espalhar o que ouviste sais deste mundo para outro. ela, saia levantada, grunhia risos e pedia-me que entrasse. entra aqui como de costume, estou com saudades tuas, meu amor.

o aldegundes duvidava da bondade de se aliviar na rapariga. era das coisas que ouvia na igreja, que humilhante seria fazer dos outros algo impensável. como pô--la de costas quando deus as fizera de frente. e nada de costas, como assim lhe dava prazer, talvez porque tão novo não lhe tivesse crescido o suficiente que enchesse à frente o que era a mulher, e pelas costas melhor se sentia. mas nada tinha importância, como lhe explicava, a ela cumpriam-lhe as forças negativas mais do que as positivas, e ao pôr-se nela havia que temer muito por sua própria alma, mais do que pela dela. mas não por deus, que despreza as mulheres e as manchou de pecado, mas pelo diabo, à espreita no corpo delas a tentar agarrar-nos a alma a partir da ponta do badalo, dizia-lhe. ele olhou-me sem felicidade nem amargura, apenas resignado com o seu tempo de crescer, ultrapassado da sarga, olhando-a como a vaca velha e desnatural que não deveria nunca parecer-lhe bela.

com alguns receios voltei ao corpo da teresa diaba eu também. descasado da consciência, tão poucos dias se passavam a partir do casamento. mas as figuras penduradas na cabeça atrapalhavam-me, como os receios de tanto que me escondiam as descrições das pessoas, maldosas me pareciam pelas costas assim lhas virasse, e sabia que era muito do que queria esquecer e usufruir que me punha em cima dela. cada vez mais odiando o seu repelente corpo e esquecido de como, quando solteiro, me era fácil saciar a fome através dos seus atributos remanescentes. é uma mulher ainda, como pensava, e que assim o fosse, tão igual que nada a tivesse mudado, nada me parecia o mesmo, ali encavalitado às suas entradas como a focinhar algo que lá não estivesse. e não estava, sabia eu, se apanhado de amores pela ermesinda só me apetecia que fosse ela, mas não era, por não ser possível destituí-la do peso na minha cabeça, e por não ser possível ignorar a facilidade do adultério. fácil, entesoado de estupidez, montei a diaba e cavalguei-a pelos percalços da alma a ver como infeliz estava.

desejei que ela se calasse, que parasse de me chamar meu amor, como antes o fazia sem que me irritasse. disse-lhe vezes sem conta que só continuaria se fizesse silêncio de palavras, ao que se ria e espantava os olhos esbugalhados para me incomodar ainda mais. estava feliz por me reaver, como feliz ficaria uma mulher que fosse minha, se de viagem para que eu fosse voltasse. estalei as mãos no seu rabo e acelerei, assim que estrebuchou de satisfeita concluí de disfarce e corri dali a ser apanhado de surpresa pelo teodolindo. está calado, que tu montas mais aquela égua do que eu. e eu disse alguma coisa, perguntou-me. se entre o céu e a terra houver informação, que se ensurdeça o céu do que fiz, quero a minha ermesinda, só a minha ermesinda.

e o teodolindo passou-me o segredo do mundo para as mãos, concentrado, subitamente acreditado no destino de me dizer algo que mudaria a minha vida para sempre, eu a rir despregado de parvo, que se ali houvesse segredo de tanta monta só de entranhas muito imaginativas poderia vir, como coisa que se soltasse pelo cu mais esperto do mundo. nada de inteligências, dizia eu, de ti só merdas e coisas ainda menores. e ele disse-me, um dia deus virá e entrará em nós como coisa de nos ver com violências de mudar tudo, perto de nos matar fará a escolha de quem deverá viver, e só os nomes mais limpos se dividirão pelo paraíso como proprietários felizes. e porque me dizes isso, palerma. porque nasceste de uma vaca e precisas de redobrar os cuidados.

em cima do rochedo estava uma pedra com que lhe abri a cabeça, curandeiro chamado em gritos, não fosse morrer de tripas por ali a sair. e foi como se correu, eu e ele, campo fora à procura de boticário para lhe humedecer a ferida com coisas que a secassem. e entre o caminho me arrependia e lho dizia. era do temperamento, aos gritos de fúria só me parecia bem que lho dissesse, és o meu melhor amigo, mas não podes chamar vaca à minha mãe. e se ele se referisse à sarga, eu não queria sequer considerar. no boticário, eu, baltazar sarga, puxei do braço e assim atendi ao homem que me chamou e me estendeu a poção com que esfreguei a cabeça do teodolindo. fique com a mão aí por um bom tempo, segure como deve ser para não mostrar ao ar o que lhe está aberto, se lhe entra ar fica abalado de ventos e a cabeça vai-lhe aérea e inválida. foi como o segurei, incansado a redimir-me do acto e a imaginar nuvens e mais nuvens a entrar por aquele buraco adentro até que o meu pobre e fiel teodolindo ficasse burro de vez.

e, assim que cheguei a casa, encontrei a ermesinda sobre a cama sem pasto nem alento. recuada para o sono sem espera nem aviso. contada de mim a história, abriu-se à luz da lareira e recomeçou num pensamento, o primeiro que me trouxe em tanto tempo de silêncio, como se quisesse esquecer o sucedido, confirmou que se cansara demasiado nos queijos, conforme a vira eu, e que trazer o pé em dores lhe atrasava o passo, pelo que tombara de exaustão sem querer ofender-me na hora do jantar. justificada e sorrindo, tinha por mim um amor que voltava por dentro, convicto no alvo, respondendo ao apelo que eu fizera para sua educação, para educação do seu coração. foi como dormimos sem comer, em sacrifício reiterado pelas coisas do nosso lar. sonhámos, por certo, muito do que queríamos ter, filhos, casa maior, os perdões do nosso senhor.

juntei-me a ela e pensei em que estranheza me havia dito o teodolindo. que deus viria e entraria em nós a remexer cada coisa, e que eu mais dificuldade me esperava se em verdade tinha por mãe uma vaca. a sarga, calada e resignada de velha, já nem no coberto se escondia à noite. perdia-se na escuridão e não nos chamava. de manhã, era possível que estivesse deitada, como prostrada, num lamaçal qualquer. o aldegundes em agonia tentando incutir-lhe algum juízo animal, e a vaca desimportada dele e de tudo. e eu pensava, talvez seja real que estamos a mudar. que morremos uns para que outros vivam melhor. talvez seja real que percamos a sarga para ganharmos tempo melhor para sermos adultos. para um tempo tão adulto que toda a responsabilidade se deve cumprir e o tento a deus realizado sem ínfima hesitação. apertei a ermesinda de encontro ao peito e, por essa noite, acreditei que tudo se faria assim.

na manhã seguinte, o teodolindo veio à porta cedo acudir-se de mim. que fosse em corrida e susto, coisa grave me queria dom afonso, acordado de sol mal levantado para falar comigo problemas grandes. e medo, medo aterrador fosse ele rachar-me ao meio, apoderar-se do meu desvalor e mandar que me terminassem. vais ter de segurar boca e cu, baltazar, dizia-me, que a mim me apanhou entrando com os trajes de dona catarina e me espancou sem explicação e até à tua irmã já deu sermão, atazanado de silêncios para não acordar dona catarina. se fosse a ti entrava e sentava-me quietinho sem mugir nem tossir para que ele despache a tua sentença sem esforços que por mais puxem dele, que puxado, como eu vi, já ele está. está como maçã rosada a explodir de calor, e ameaça que parte tudo mal sente um ruído. está para te matar sem piedade, não tens mais do que lhe pedir misericórdia. e assim agora é que lhe deu, perguntei eu gaguejando e soltando corpo todo em cheiros, ruídos e velocidade. que se lembrou de mim agora, se já foi há dias que me apanhou a antipatia. não sei, baltazar, sei que me dói corpinho todo e que bufa em surdina o que não pode gritar pulmões livres, e há-de bufar-te tanto sem acordar dona catarina que te acaba numa cabeçada, podes crer.

sentei-me, ele redondo de inchado vermelho e rebentando, achegado a mim num golpe de corpo que o parecia bicho ágil, estranho gato, felino qualquer, estranho se o corpo velho dele não era para grandes proezas. e foi como disse o teodolindo que tinha de ser, se gritasse era em surdina que dona catarina, antes dos seus horários abertos, estava a dormir e ai de quem a acordasse, ela sempre tão distinta e preservada dos escândalos do marido. e bufou, que lhe viera um sonho à noite de sobreaviso e lucidez, haveria a minha ermesinda de lá voltar para que ele a cuidasse de atenções reservadas a donzelas de casta, e se minha boca se abrisse a indignações e protestos estaria na rua de tudo, eu e mãe estropiada, pai e irmão infantil, mais a mulher tão bela, que sem emprego ninguém dos cinco, íamos para morrermos em poucos dias. e eu já lá tinha a consciência e murmurei, sim, dom afonso, é que o amor me cega e a beleza da minha ermesinda é sem semelhança. e ele precipitou-se sobre mim e ordenou, pois que no sonho que tivera a minha ermesinda estava como filha dele, e lembrou-se, se dona catarina desse filhos teriam as meninas a cara da ermesinda, tão igual ao que se via nos retratos de dona catarina quando nova. cagado de muito medo, pedi por meu pai, dom afonso, suplico por meu pai que o perdoe de meus receios, homem honrado como é não o merece. no centro da sala, a sala onde a minha ermesinda entrava, estava o alguidar servido de água, era para os pés de dona catarina, a serem agraciados ao acordar com massagem que os descansasse. era o alguidar da água com que levei na cabeça, e foi como me explicou, que até a água se foi e dona catarina berrou, se volta a acontecer que a casa se desequilibre e dona catarina se impeça na rotina por que espera, o teu fim será feito, sem retorno nem avesso. agora vai e morre, por favor, e avisa a tua mulher que a quero cedo como sempre, a entrar com as ordens que lhe dei. já sabe do caminho pela porta que se abre, sabe dos passos leves a dar no corredor e onde esperar quieta por que a venha ver. e em surdina me gritou que saísse, como me mandou calar para pedidos últimos, lamentos ou refilos que não queria conhecer. como fui a tentar levitar pés de silêncio chão fora até à rua da casa, chorando minhas mágoas ao ruído nenhum da manhã. que solidão tão grande, me queixava eu, e que sina tão maldosa, fazer de um homem casado o proprietário mal recebido da sua própria esposa, desautorizado das coisas dela como se simples enamorado fosse, nem prometido ou avisado.

foi o que expliquei, cornudo, ao teodolindo. a minha ermesinda haveria de se tornar filha de dom afonso para as conversas que lhe aprouvessem. e a mim competia estar quieto. como se enfeitasse a cabeça com coisas e mais coisas. e o teodolindo perguntou, e não te bateu. e eu respondi, não.

aos dias calados seguiu-se essa exposição do fracasso, a súbita fúria de dom afonso, impondo seus intentos sobre mim, levou de casa a ermesinda para as suas manhãs muito cedo em conversas sem tradução. era como ela voltava e se calava sem saber de explicações para o que lhe dissera ele ou mostrara, e era claro que não se tratavam de instruções ou ensinamentos, era para se pôr nela de bruto e ávido que a mandava ali aparecer. estava tão certo que lhe via avanços nos enrolados da cama, como subtilezas de sabedoria por coisas porcas que eu não lhe ensinara. quando, por exemplo, se arqueou de costas para baixo, parecia ambulante que festejasse santos no meio do povo. malabarista ou artista de espectáculo profissional, e não a minha esposa de tão pouco tempo, desinformada de ideias estranhamente avançadas.

eu rondava-a aos pertos, caminhos seguidos muito próximo sem que me visse, mas assim frustrado por se passar tudo tão dentro da sala fechada da casa grande, dom afonso prevenido a encerrar tudo e todos à volta deles. eu rondava-a e imaginava-lhe o pé torto a entortar o outro por simpatia, a fazê-la como pata de andar aberto para nadar nas águas de um lago. havia de lho entortar e arrancar se lhe descobrisse uma prova. puta, calada de segredos fundos, satisfeita com ser refeição de um velho tão feio. ela arreada de escadas na volta, posta de pés na erva em direcção aos queijos, sem levantar cabeça ou denunciar que procurava algo ou alguém em volta, nem cerca nem na paisagem, seguia sem ver senão os pés, como eu a sabia de sempre na rua, discreta e segura como recatada mulher, pura. mas era pelo de onde vinha, impossível que não para traições, que lhe cortava o destino a vida tão cedo, a cada momento proposta para morrer. pois que morresse. se eu não a amasse, se pudesse lavar o nome de meu pai sem saudade, de vez por todas a fazia desaparecer víbora para dentro da terra.

sacrifício em sacrifício, a vida era abdicar de tudo quanto se esquecia ou desapoderava de forças para fazer. noite chegada, recolhíamos a casa para nada. eu, quantas vezes aviado de estômago à custa de meus pais, ela sem fome como se não tivesse de viver. a minha mãe levantava-se e era o que me dizia, que ela se fazia de mandriona, sem querer fazer o serviço da casa, que homem que não se alimente por mulher sua, outra mulher tem de arranjar. o estômago não se adia, dizia, como me mataria o teu pai, se ao invés de o trair de corpo o traísse de boca.

à boca não se falta, pensava eu ao regressar naquela noite ao nosso lado da casa. e a ermesinda espreitou da porta e assim a deixou aberta, entrei e quis saber se marido sem boca lhe fazia jeito. como se desse para tê-lo sem boca, também lhe faltaria o cu, sem coisa para cagar, e nada do que o movesse era fruto da comida. ela não disse nada, havia queijo que trouxera a roubo no bolso, estivera a roê-lo por refeição, eu que me deitasse, fome que trouxesse morreria de sono. foi como lhe procurei pé que viesse à mão e lho torci, e gritei, que puta em minha casa era coisa de rastejar, e ao invés de lhe conseguir estragar novo pé, virei-lhe braço que agarrei e aproveitei de o escolher. se lhe arranquei uns cabelos, nada se notaria na manhã seguinte. posta na vertical em tremelicos, era o braço direito que não lhe descia a metade para baixo. para qualquer coisa que pegasse haveria de se agachar muito, ou trazer com a outra mão àquela, quase ao nível da cara. foi como ficou, nada desfeada, apenas mais confusa no arrumo do corpo, a minha pobre mulher mal educada e não preparada para o casamento. o anjo mais belo que eu já vira, por sorte tão incrível, minha esposa, amor meu.

nove

o teodolindo achava que as mulheres tinham mais inteligência na voz do que eu lhes conferia. dizia que às mulheres até podia ser certo que as ideias se baralhassem e não tivessem, as mais das vezes, razão de ser, mas achava que a natureza lhes dava correcções de acaso, assim como lampejos súbitos e sem grande origem que as colocava no caminho de algo precioso. eu discordava rindo, parecia-me que o meu amigo de sempre estava apaixonado. mas ele negava e, sobre as minhas atitudes em relação à ermesinda, mostrava-se muito oposto, dizia, pois a mim só me interessava ter uma, se tivesse, agarrava-me a ela sem mais dor. dizia que queria uma mulher que o acompanhasse e a companhia seria mágica para apagar qualquer dor. e se ela se pusesse com outro, perguntava eu. se fosse dom afonso, respondeu, nem me atrevia a mexer. a pobreza e a dívida para com o nosso senhor haveriam de fazer de mim o mais calmo dos cornudos. na sua conversa acabava por me chamar cornudo sem equívoco. e mais me deixava furioso que nada houvesse para fazer contra a situação. e eu contradizia, olha que ter mulher de dia a dia, para garantir pão para todos, corpo e espírito, não é fácil assim. importa que nos obedeça e nos corresponda nas necessidades, que é sabido que na vida necessitar sem ter é condenação à morte. e já agora, teodolindo, pergunto eu, por quem suspiras, que essa conversa só pode ter rapariga escolhida. ele fazia de conta gozando comigo e apressando o lustro que puxava aos fatos de dom afonso. deixa-me em paz, ainda tenho mil folhos para deixar redondos, que o estupor das raparigas mandam-me os trajes longe de estarem em modos, e com esta ferida na cabeça que me fizeste em pouco esforço me vou abaixo.

no pequeno espaço onde ajeitava cada traje de dom afonso e dona catarina, o teodolindo tremia todo como um coração comprimindo. ele era o coração exterior da alma, inteiro, exposto a quem quisesse vê-lo. eu esfregava a camurça de um manto e ele afastava-me. deixa que trato eu disso, és feito para outras coisas, a mim toca-me perceber disto. eu calava-me e observava o ofício que lhe deixara seu pai, um alfaiate de grande invenção que falecera ainda novo. dom afonso, por piedade, e porque o teodolindo não crescera a tempo de herdar a sabedoria do pai, concedeu-lhe ficar entre os trajes, preparando-os como em muitas casas competia às mulheres mais espertas. talvez por isso o teodolindo se aligeirasse nos amores. a suspirar mais leve e a sonhar com delicadezas maiores do que a afeição sexual e a valentia no cozinhado que uma rapariga podia ter. eu muitas vezes pensava que ouvi-lo poderia ser como ouvir a voz das mulheres. mas era facto que ele se punha nelas com o mesmo fervor que eu, talvez apenas diferente na maneira como voltava para casa. eu vitorioso de sorriso nos lábios, ele abatido, culpabilizando-se do infortúnio de não ter alguém. e assim seguia, de ninguém em ninguém, satisfazendo-se dos corpos com que o acaso e alguma arte lhe gastavam o tempo.

a tua mãe, por exemplo, a idade pode ter-lhe dado sabedoria de muita coisa que nem tu de olhos arregalados vês. insistia ele. a tua mãe, que eu já a vi, acerta na corda da roupa sem olhar. é verdade, agarra nas roupas brancas e atira-as ao ar como se fossem para cair no chão. e elas ficam na corda pendendo meio para cada lado, exactamente o suficiente para não verterem dali e não se perderem de asseio.

fomos ver e estava certo. da braçada que suportava para o lado esquerdo do corpo retirava peças que, num lanço forte e sem hesitação, fazia voar no ar até à corda, e não precisava de mais correcção. estavam direitas onde deviam estar, como se chegassem ali por tarefa própria ou destino mágico. e depois ela cansou-se e sentou-se na terra um pouco, sobre o pé torto a pensar. que pensará, perguntámo-nos. que pensará a tua mãe grávida. e eu respondi, em como deixar de o estar à pressa, porque à pressa o meu pai a põe meio a meio na corda só a secar de sangue. achas que faria tal coisa, perguntou o teodolindo. tenho tanta certeza que até já o vejo, uma lâmina na mão e de um só golpe fá-la em morta. e isso não pode ser prevenido, baltazar, achas que isso não pode ser prevenido. e eu respondi, não. vai ser assim porque o meu pai precisa.

dez

ai, dona catarina, não me obrigue, se lhe dissesse caía-me a língua só de medo. anda, rapariga, ainda te deito abaixo de patada bem dada. fique sossegada, senhora, não lhe consigo massajar os pés assim em movimento tão brusco. ricardina, vais contar-me o que sabes antes que te ponha a ferros, língua e corpo todo. minha senhora, não é nada, só corei porque sou assim tão tímida e nessas coisas de marido e mulher sou ignorante, como muito bem sabe. mas corada de silêncio e tremuras já não é normalidade para uma simples timidez, qualquer coisa hás-de ter escutado que me escondes, e se não falas perdes de mim todo o apoio, voltas para o campo a secar ao sol. dona catarina, peço-lhe minha senhora, não insista da minha ignorância, pudesse eu dizer-lhe algo que lhe aprouvesse, diria só de prazer. mas nada sei, minha nobre senhora, sou tão simples de condição quanto de conhecimento, que poderia algo meu servir à sua importante cabeça. olha, ricardina, fico arreliada não tarda nada, tens uns suspiros para dar após o que te enfio umas estaladas sem remedeio, vai pensando como começar. brunilde. posso chamá-la eu, dona catarina. fica calada, parva, não arredas daqui tão cedo. minha senhora chamou, perguntou a minha irmã brunilde com o corpo todo tolhido de medo. chamei, entra, ajoelha-te bem perto de mim e jura que me contas a verdade. de quê, minha senhora, tão poucas coisas sei de certeza. fica calada, vocês as duas são umas sonsas que eu endireito não tarda nada. se a dona catarina me der licença, eu vou aos pratos para o almoço. não, tu ficas calada como mandei, e reza que só deus te salva disto. quero saber que coisa anda meu marido a tramar, que há tempos para cá se tem tão alterado. coisa o anda a chamar, cedo de mais se levanta e muito animado se ausenta do nosso quarto. ai, minha senhora, não me bata. vais dizer-me tu, brunilde, que a ricardina optou por voltar a trabalhar no campo, e ainda lhe abdico de um olho para ser mais esperta do outro e ver coisas que me interessem. não, dona catarina, eu não queria. fica calada, burra, sem pio que a conversa não é contigo.

dona catarina, que lhe diga eu que nada sei, não sei, a mim parece dom afonso tão animado como era, e se calhar só o dia que começa mais cedo, verão tão bonito está, o verão o toma por mais madrugador e disposto, se maleitas de vento e frio não há. que bem ensaiada já vens, brunilde, tomas-me a mim por estúpida, sem saber do meu marido e as calmarias que lhe vão nos baixos, todas as noites deitado sem folias nem tentativas, tão calmo anda de mim que o diria longe a visitar família ou nobre que fosse. quero saber de verdade quem entra em casa e se cobre de meu marido, que se apanho a bicha a calco de tanto pé que lhe desfaço corpo e alma. perdoe, dona catarina, distraída devo andar que não sei de quem possa queixar-se, tão certa está a vida da casa, nada me parece fugir aos seus mandos, e de dom afonso pouco vejo, e pouco vejo nada que me solicite segredo de sua senhoria tão querida. tenho a certeza de que buraco aberto entrou aqui dentro para se fechar de meu marido, e se houver leites derramados que não me venham de bastardos ao colo, elimino famílias inteiras se, por atrevimento, alguma rameira me ameaçar de escândalo. dona catarina, não se exalte, tanto sei que dom afonso a ama e respeita como deus previu nas escrituras grande amor de homem por mulher, ficai feliz, senhora, vosso marido pensa em vós dia cedo até dia acabado. ai, rapariga, se alguma coisa destapar palavra que não me tenhas dito, foge de mim a tantos passos quantos te inventem as pernas, que te ponho tão avessa ao que és, nem fruta de cu te deixaria. anda, estúpida, não pares de me limpar os pés, se fosse para esbugalhares os olhos punha-te nas fossas a esbugalhar o olho do cu.

tanto me assustava que dona catarina desconfiasse, como me favorecia se descobrisse, julgava eu. vendaval levantado por ela, muito do que era deixaria de ser e, reposicionado eu, talvez minha esposa pousasse em braços meus, amainado o vento, já livre dos processos de dom afonso. e nada se passaria sem que a brunilde pudesse saber, escutando portas onde a ricardina entrasse escutaria o que quisesse confiar à senhora, mas nada parecia dizer, se a brunilde também não sabia, porque era verdade que as pesadas portas da sala se fechavam e não era ouvido um só ruído, nem de corpo nem de objecto, nada que garantisse a presença dos dois, a minha ermesinda e dom afonso, para lá da opacidade das madeiras. nada, não se via nem ouvia nada, e a ricardina, sem irmão que se encornasse ali, desinteressada em descortinar mistério que fosse, também nada queria daquela história, nem por confiança de dom afonso ou seu pedido de ajuda, nem por descoberta casual que lhe desse poder de conhecimento secreto. nada, não sabia de nada, que a brunilde lho perguntava a ver, a título de saber defender-se de dona catarina, cabrona, cabeça pesada de tanto osso corno que lhe arrebitava.

e a ermesinda ia e vinha, dias inteiros menos posta em demoras. cozinhando certa as castanhas e as carnes que sobravam dos comidos da casa grande. assim se impunha melhor no seu governo, melhor importada com não menosprezar a minha autoridade e mais correcta no serviço e tempo de cada coisa. eram, sem dúvida, mais difíceis de executar as suas tarefas, pé torto e braço apontado para o ar, mas nada que lhe fosse impossível se resignada se mantivesse. como estava, trazida ao pé de mim a cada momento para se permitir de cada decisão. e cada noite, aberta de todos os trapos, calava-se em espera o tempo que eu lhe levasse em cima e era como adormecia, desarrumada de suores e satisfações.

na conversa da brunilde vinha também recado de coisa medonha. juntos os homens da terra haveriam de levar à praça, em alarido e confusão, mulher que se portara mal de tanto tempo que nada a salvaria por comando da dignidade de deus. era mulher velha e matreira, enfiada em casa, sozinha de maridos, postos em terra cedo de mais, consumidos por pó que lhes cozinhava para os abater. era mulher de tanto delírio interior como por fora tinha o ar frio das víboras, olhos fixos a queimar almas, e nada do que dizia queria dizer o que se ouvia, impregnando tudo e todos de mau olhado para os definhar em seu favor. era mulher de maldades conhecidas e provadas, mas ainda assim só à revelia do padre a levariam à praça para lhe pôr fogo nas ventas, a ver se lhe coincidiam as chamas com o seu lugar no inferno. e muitos diziam que haveria de arder aflita de prazer, a sentir-se em casa no meio de tão grande calor, desaparecendo como quem vai de um lugar para outro. e o padre que não soubesse, o segredo era das pessoas da terra, que dom afonso informado, ou o padre tão nervoso, nada surgiria, e o que nada se fizesse seria decisão deles, e ninguém queria que se impedisse ou adiasse tal pesada justiça. era como exasperava o curandeiro, voltado à nossa casa, nós em fila ao sol para lhe parecermos diferenças mais facilmente, ele mãos na cabeça queixas sem fim, tanto trabalho lhe dávamos, que a nossa família precisava de um endireita, que a ele lhe cansavam os puxões para destorcer o torcido e, agastado como andava com a idade, só lhe apetecia que fôssemos ao boticário comprar coisa que bebêssemos ou untássemos, era sempre tão mais fácil.

a minha mãe, já acamada e sem se levantar de tão má prenhez, desviou-se do curandeiro assim, nada conseguida de alcançá-lo, e ele nada importado com entrar a vê-la. era agora uma mulher perdida de adultério, como se sabia, se fora ele a ver-lhe, barriga apalpada, que filho qualquer crescia ali. e nenhum unguento ou erva que comera lhe esvaziou o interior. passara dias a esfregar-se e a coçar as partes da natureza com as unhas afiadas, e nada lhe recuou o estado. já se percebia um inchaço grande, ali ao centro da barriga como se comesse muito e lhe dessem gases nunca vistos. e o senhor santiago seguiu adiante a curar o teodolindo da cabeça, numa pressa grande porque dom afonso já esperava, e deixou-nos sozinhos sem outra esperança.

e o meu pai decidiu tudo nesse momento, que se o curandeiro já não a salvaria, nem salvação merecia. e foi no dia em que o povo se preparava para queimar mulher que se portara mal que o meu pai rebentou braço dentro o ventre da minha mãe e arrancou mão própria o que alguém ali deixara. e gritou, serás amaldiçoado para sempre. depois estalou-o no chão e pôs-lhe pé nu em cima, sentindo-lhe carnes e sangues esguicharem de morte tão esmagada. e como se gritava e mais se fazia confusão, mais se apagava a minha mãe, rápida e vazia a fechar olhos e corpo todo, não mais era ali o caminho para a sua alma, não mais a ela acederíamos por aquele infeliz animal que, morto, seria só deitado à terra para que desaparecesse.

onze

o meu pai não falou tempo todo. eu corrido de lágrimas para honrar saudade da minha mãe, o aldegundes sozinho de tudo, amargurado de maldades tão grandes que impediam as vidas das pessoas adultas. pôs-se a ver a sarga solta dia inteiro no campo, lenta, velha, apaziguada com o calor que se sentia. e assim escutámos o povo reunir-se para a queima tão merecida e a doer-nos o peito ficávamos sem ver, que o que víramos em nossa casa nos bastava para tanto. e, súbito, entre todos se gritava, dom afonso já alertado, mulher em fogo corria pela praça, se dizia, estava como tocha a ganir em círculos, e tentada a fugir lhe fechavam os caminhos. mas algo se mudou em algum momento, naquela tarde maldita, sentados nós à porta de casa, interior airado de tudo aberto, moscas entrando, nós vimos uma mulher em fogo correr campo abaixo em direcção à paisagem, e arrepiámos. que uma mulher a morrer é dor de muito grito e, sem saber quem seria, podíamos acreditar que fosse culpada ou não. uma dúvida poderia parecer razoável, que estivesse o povo errado e a pobre velha não. como a minha mãe que ali ficava até que fosse mexida para outro lugar, nada lhe importava. como a minha mãe, por um momento, poderia ter sido inocente. velha, estropiada, feia, desonrada de romance do marido com vaca, que quisera ela de outro homem senão malfado. nada quereria, tanto a conhecia e tão atida ao seu juízo se deixava, teria inocência, pensava, teria inocência e a violência do meu pai era ciúme de si próprio.

não vimos passar qualquer mulher em fogo, confirmámos ao padre em mentira. não, senhor padre, não vimos mulher que passasse aqui a correr, nem vestida de roupa nem de chamas que a consumissem, apenas nada. a nossa mãe faleceu de coisas que a atacaram por dentro, e tão horrível lhe veio a morte que expeliu ventre fora bicho que se lhe prendia. assim foi, senhor padre, a nossa mãe acamada foi acometida de maleita que lhe pôs bicho dentro da barriga. e, se saltou cá para fora, expeliu também a vida da nossa mãe e fugiu por esse campo até onde lhe apeteceu. de mulher em chamas não vimos nada.

ajudai-nos a enterrá-la, tão morta está precisa de chão e mais nada. o padre torceu nariz ao cheiro a sair porta aberta. mais sobre a cama que a tinha, viu aterrorizado as suas pernas abertas da violenta forma que a deformou. esta mulher está morta de grande raiva que deus lhe teve, ou diabo lha tramou. há que enterrá-la de imediato para que bichos a desfaçam e a natureza se reponha. nada aqui me parece natural, não se cansava de dizer, nada me parece natural. o aldegundes saiu de perto da sarga e aproximou-se de olhos fechados, conhecedor do caminho a recto, acertou no padre que nem seta lhe fosse mandada com cuidado. desculpe, dom, queria fechar os olhos e não ver mais nada, se pudesse morrer, eu queria morrer. vou pedir a deus para morrer, peça-lho também, por piedade, peça-lho por mim. cala-te, rapaz, a morte é um dom que deus distribuiu a quem merece piedade. não peças nada do que não está em teu tempo, que avançar o tempo devido é o caminho do inferno.

a sarga veio atrás. deitou-se à porta de casa e era como um cão que se tivesse ensinado e se entristecesse com o nosso entristecimento. e ali ficou, o tempo a escurecer e cada um de nós a chorar de maneira distinta. o meu pai fugido, para se esconder de dores tão grandes que não nos pudesse mostrar. dissemos ao padre, juntaremos homens e em linho lha levaremos. fui a gritar a casa do teodolindo, que a minha mãe morrera, nunca mais tão grande dor se repetiria. e ele acudiu-me de abraços, aflito por minha aflição, correndo como eu à casa de outros para problema meu. e fomos juntos, enfim, enrolá-la cuidadosamente em linho que tínhamos, o único fiado com boa direcção, e levámo-la para a igreja a ser guardada, para descer no dia seguinte. voltei a casa em sangues, descoberto de grande desgraça, e o povo dizendo, foi a mãe dos rapazes, a mulher do sarga, o homem da vaca.

e a ermesinda estava aninhada de medo e tristeza, à porta de casa sem entrar. não quero entrar sozinha na tua casa, meu marido, a tua dor deve ser tão grande que só de existir me tenho medo quando nada sei que te possa ajudar. e eu perguntei-lhe, minha ermesinda, meu anjo, se me amasses de verdade e em todo o sempre me desses provas dessa paixão, nunca me perderia sem razão pelas vezes em que julgo que me esqueces. meu bom marido, casei contigo em honra dos meus pais que te escolheram e, em cada instante que te conheci, amei-te por graça sem condição. não me batas, sou tua até morrer. estava no céu a lua, tarde de mais o nosso dia se afundou. o meu pai não voltara de aonde fora, o aldegundes, sem que víssemos, apavorara-se de solidão e puxara a sarga para dentro de casa. aninhados os dois, como me contaria, adormeceriam com os cheiros não lavados do que ali acontecera.

acordámos todos ao tempo do trabalho, confusos de pouco dormir. foi como me acheguei à porta para ter luz e ar que entrasse em meus pulmões apertados. nada do que quisesse ver vi, senão uma mulher queimada, escura de peles levantadas, parada à minha porta esperando algo, dizendo nada. gritei, se há susto que me abata, morro agora de coração rebentado, e recuei. a ermesinda espevitou da cama e benzeu-se, coisa de diabo era mandada a nossa casa, fora daqui que deus manda em ti. fora, de recto, fora. e aos tropeções se pôs para trás em saída. descarnada de fogo, era a mulher do dia anterior, e ermesinda confessou, conheci-a bem, metia-se na casa em frente à dos meus pais, casa abandonada sem ninguém dentro, toda a vida se dissera que sepultara um marido ali, um que lhe falasse de além mundo. e que medo te mete agora, perguntei eu. agora nenhum, mas secavam as plantas da minha mãe sempre que olhava para nós. fora daqui, bruxa, fora, de recto.

espantada a visita, manhã levantada, muitos se tiveram a caminho da nossa casa. veriam como estávamos destituídos de mãe, acompanhados pela vaca, os sargas. nós, os sargas, sentidos e furiosos com o destino. e eu comprometido com a falta do meu pai, por onde estivesse, fugido sem notícia, não veria enterro da esposa, já a igreja em preparo. e em dia lento nos tivemos, dom afonso paciente connosco, desimpedindo nosso trabalho da urgência de rotina, haveríamos de trabalhar mais ainda no dia seguinte, mas naquele folgaríamos para pesar. e pesámos caminho até à igreja, eu e a ermesinda, a brunilde e o aldegundes, e mais o teodolindo quieto e perto, enrabichados para dentro, sem palavra que quiséssemos dar, ou boca tão muda por si.

e sempre um acompanhamento de carpideiras que, desimportadas com a morte da minha mãe, queriam mais verificar nossas patas de animal, nossos focinhos de boi, jeito horizontal de lombo, nada natural em homens de parto normal. e nada era normal, o que se enterrava tão aberto de vísceras, a pedra no chão da igreja que se levantara e parecia não querer caber na volta, a luz que se intensificou menos a partir do sol, como um dia de verão impressionado, arrependido.

dom afonso e dona catarina não foram ver, tão perto da igreja a sua casa e nada quiseram testemunhar, que já gente dizia que, desfeita de ventre, havia sido boi que a cobrira, e filho de boi maduro nasce à bruta e revelia da mãe, sai-lhe ventre fora e deixa-a de mão para sempre. e era um monstro assim que teria nascido para zanzar pelos recantos da nossa terra, tão cedo a mentira se inventara, mais cedo alguém vira. monstro assim e assado fora visto por fulano em cada sítio assim e assado. monstro assim existe, meio boi meio homem, anda à solta e não quer coisa boa, imperfeito na cabeça e corpo, só desvios do bem há-de conceber.

por isso nos olhavam de mal e esguelha. queriam culpar-nos, ver-nos sem nos ver ou ser vistos, melhor ainda. queriam que provássemos a mentira e nos desfizéssemos em nada para expurgar os lugares da nossa enfermidade. e nada do que sofrêssemos seria maior do que o medo e a imaginação que tinham. deixavam-se a apreciar qualquer coisa em que diferíssemos das suas expectativas, amaldiçoados para sempre a cada acto em que hesitássemos no que era o bem, o sensato, o esperado.

não foi o padre que veio, foi o senhor paulo, entendido de ajudar, que veio metido em nojo e incompetência para as coisas de gravidade maior. e tão incompetente no trato seria que era impossível que conhecesse o método de envio das almas para o céu. se saísse ao inferno tanto lhe daria, e a minha mãe para onde iria, pensava eu, para onde a pensa mandar, senhor paulo. diga-me se lhe concede o perdão, senhor paulo, perdoe-lhe os pecados, por favor, que em toda a sua vida só teve alimento para marido e filhos e cuidados familiares. ele franziu o sobrolho de reprovação pelo meu pedido e todos me amaldiçoaram por ver naquele cadáver o resto do que amáramos.

sabe, senhor paulo, as mães são como lugares de onde deus chega. lugares onde deus está e a partir dos quais pode chegar até nós. porque só através delas nos encontramos aqui. e, por isso, não há mãe alguma que não mereça o céu, porque, em verdade, as mães transportam o céu dentro delas, e multiplicam-no a custo, como um ofício, mesmo que dotadas de burrice grande ou estupidez perigosa. é como lhe peço que encomende como melhor sabe os cuidados de deus. que os encomende de coração bom para que nada do que façamos seja falso. haverá de se ter debaixo desta pedra uma mulher como se fosse uma própria nuvem do céu, uma coisa muito leve sob o peso da pedra. muito leve mas forte, capaz de resistir aos ventos. capaz de fazer tempestades.

e chorei, cobrindo os olhos enquanto cobriam o corpo e ninguém se compadeceu mais por coisa nossa. ninguém me quis melhor ou me perdoou os cascos no chão, o compromisso maligno de nossa condição de bichos, porque me queixei e padeci como homem e quanto tinha de bicho me deixou no momento em que expliquei que amor é esse que se tem por uma mãe. o teodolindo pôs a mão sobre meu ombro e a ermesinda prostrou-se em prantos por minha dor. assim nos abraçámos ao aldegundes e ele desfaleceu de tristeza entre nós como se fosse acabar ali também.

algum tempo depois levantámo-nos da pedra e saímos
à rua iguais a água preta, molhando lenta e tristemente
o caminho até casa. entrámos, escurecemos mais ainda.
nem sequer nos víamos ou sabíamos onde estávamos.

doze

esse monstro que, nos medos aumentados de todos, era visto assim e assado, seria assada a mulher queimada. em desespero de fomes ou saudades, vinha às portas da terra com fúria e urgência em demasia. era só ela mesma, aterrorizada em dores permanentes, amaldiçoada por convicção que lhe tiveram, mas ninguém o diria tão claro. também nós o desconfirmámos e assegurámos que mulher alguma em fogo passara frente a nossa casa. por isso, não podia ser tal vítima aos olhos de todos, só para nós era a mulher queimada esse monstro já adulto a aparecer, de cuidados com lonjuras, ao povo desprevenido e ignorante de tudo. e éramos nós quem se acusava, os sargas, a merda dos sargas, a cruzarem-se com bichos hora toda. ouvíamo-los dizer, agora que os filhos estão crescidos mais bicharada hão-de produzir. e, como se dão aos prazeres, se raparigas há que deles desfrutam sem medo de uma gravidez desnatural, coisa virá que lhes rebente barriga toda como à mãe que lhes morreu. era como falavam de nós, copulando com os bichos e já bichos para bater cascos terra fora, rejeitados de amizades e olhares de frente, só um nojo que se acentuava naquele momento de dor em que tanto nos faria sentido a proximidade dos outros, o amparo das palavras de conforto ou qualquer promessa de ajuda. mas não, e meu pai, regressado de desaparecimento secreto e sem fala disso, bulia-se pouco ou nada, acabado de dias para as noites em solidão que ninguém lhe tirava do peito. e era convicto que dizia, entreguei-a a deus para que se livre dos seus pecados, estará limpa em pouco sofrimento que da terra já levava tanto, estará no paraíso à minha espera, minha mulher, recomposta de formas e saúdes físicas e espirituais, dotada da sabedoria das almas quando livres, e apaixonada por mim eternamente. quero a minha mulher, que deus ma conserve de bem com o tempo para mim, lembrada de mim a cada momento, educada pela morte para sermos felizes. ficava muito tempo chorado de femininas fraquezas, muito deixado ao acaso no tampo da mesa, sem alento nem consciência. eu e a ermesinda cumprindo aquela casa completa, a nossa vida sobreposta à do meu pai, entrados ali a cada refeição para que não fossem de fome o meu pai e o meu irmão. pobre aldegundes assustado, magro, feio, burro de espertezas, só sabido de palavras caras, coisas estranhas que lhe imaginava a cabeça, tanto do que me impressionava da influência da minha mãe sobre ele. dizia-lhe, não poderias ter dado ouvidos a coisas que ela dissesse assim sem tento, avisei-te muito e o nosso pai assim o exigiu, na cabeça das mulheres muita coisa se incompleta de raciocínio, como se a sua inteligência fosse apenas uma reminiscência da inteligência verdadeira, assim como se lembrassem de algum dia terem sabido o que isso é, mas sem o saberem realmente. como os garnizés podem parecer-se muito com os galos, mas não são, assim as mulheres podem parecer-se muito connosco, mas não são, deus não o quis. por isso fecha a tua cabeça às ilusões e pensa no trabalho, nos animais que tens para cuidar, antes que dom afonso nos dê rua a todos de tão malfadados estarmos.

não poderia ter compreendido o que dava ao aldegundes, mas vi. deu-lhe arte a cabeça sozinha, capaz de pintar sobre madeiras as mais reais aparições. sem ócios ou maneiras de poder, pôde fazer dos dedos esmagadores de plantas, juntas com água nas tigelas da sopa, a parecerem untos de feridas abertas, e depois escorrê-los por sobre a madeira da porta até se verem os anjos do céu, as nuvens, o azul mais celeste ali aceso, mesmo à noite, se luz lhe era levada por pequena vela que fosse. era um céu azul de sol grande, pintado para estar feliz tempo inteiro, como em qualquer momento poderia permitir a ascensão das nossas almas, tão vocacionadas para ele estavam. sem ócios nem maneiras, o nosso aldegundes pintava de ter mandamento de deus para o fazer. untado de ervas que espremia era como enchia a casa de cores por dentro, não fosse por fora saltar à vista de dom afonso e cortar-lhe dedos abaixo por gastar noite de dormir a ansiar pelo céu. e a minha mãe, que lá estava, chegaria às paredes da nossa casa em qualquer cada instante, ali posta em anjos de asas abertas. o aldegundes dizia, não me lembro da cara dela, confundo-a com cada rosto que vejo, e há pormenores que o diabo me esconde. mas vou pintar todo o céu até a encontrar.

o inferno foi aberto sobre a nossa terra, rigorosamente assim aberto, como paredes que se afastavam para deixar caber novos limites, outras coisas que lá não estavam, a mudar tudo de função e a rever almas e coisas. ardia cada vez mais o verão. terra seca como a nossa dava calores de gado morrer sem pernas que o levassem à água, como plantas amareleciam e caíam por terra a esfarelarem-se em pó. e nós, cobertos de mãos para o sol, víamos tombar aqueles que não podiam sair para sombras de sobrevivência e em poucos dias eram muitos, dom afonso amedrontado com perder braços importantes, abanado de suspiros, dava ordens para que se acumulassem os mortos nos fundos do campo, já sobre pedra, para serem enterrados apenas quando o sol se desviasse.

era um inferno de culpa, o povo condenado por queimar mulher em brados. deus nosso pai, exclamávamos, como se tinham dom afonso e o padre aos gritos casa fora, ouvidos longe janelas abertas, a barafustarem um com outro por não terem impedido que tal coisa afrontasse a vontade divina. deus estava vencido na nossa terra maldita, conquistada pelo diabo por fraqueza das nossas almas. gritavam, se não levanta o sol e o verão se ameniza, não sobrará vivalma para lavrar e colher. as caldeiras do inferno estão aqui, dizia a teresa diaba rindo de nervos à escuta. é o que dizem, vamos todos morrer queimados, que até estas sombras vão desaparecer quando o sol se multiplicar em muitos, apaixonado pelo fogo do inferno. com muitos sóis, cima e baixo, nem noite vai chegar. o padre acalmava as pessoas em passagem, encostadas sem trabalho possível às bermas das casas no abrigo que encontravam, e ele descia tapado de mais, arfando de quase morrer, quando todos se desnudavam a exalar calor que não aguentavam. é a terra do pecado que se instala, se os corpos não se tapam, expostas as vergonhas, nosso senhor jesus cristo terá padecimento de grande humilhação e nada será reconvertido ao seu reino. mas não era nada disso, deixava eu de mão a teresa diaba, com calor que mata nada de corpos tocados sabe bem. sabor de corpo é quente, e quem não morre de fogo morre de não nascer, é como dizia, assim se esvaziará a terra, a nossa terra, se o arrependimento não fortalecer a posição de deus sobre nós para vencer o diabo, ficará vazia de quem for queimado e de quem não nasce porque os corpos se afastam de multiplicar.

e depois passou, para termos volta ao trabalho e recuperarmos aquela esperança contínua da ascensão aos céus. se não tivéssemos vendido a alma ao diabo, ou se deus a tivesse comprado de volta, seríamos exemplares para não cairmos em tentação. foi como se soube de el--rei que estava para vir e se adiava no tempo. não viria a uma terra tão julgada, padecendo de recuperação. não viria el-rei, como tanto era esperado que viesse, a entrar ruas dentro para a casa de dom afonso, a vê-lo e a receber dinheiros que lhe fossem devidos, tão grande rei que, vindo, nos agraciaria de importância e vista.

el-rei afastado ainda, os corpos enterravam-se para longe das pessoas. corpos de tantos conhecidos que se atiravam para fundas covas sem igualdade com os mortos mais naturais. era para se enganarem de caminhos, enganados de nós, longe de igreja ou padre, corpos daqueles só tinham males para a terra, e bichos que os comessem coisas porcas levariam, assim afastados deviam ser enterrados, desterrados, repugnantes. dois dias de enterros apressados, sem fé nem respeito, dias inteiros de comida nenhuma ou regresso a vislumbrar rápido casa ou mulher, só trabalho de braço a cavar cova em que coubesse alma grande de diabo. buraco que desse para tanto do que nos vinha à cabeça, mais do que certamente víamos. e buraco assim fizemos, tantos, vinte homens a mando de dom afonso, que se apoquentava em janelas já fechadas com maleita que se lhe pegasse. que não venham perto e nunca dentro. era o que mandava, ninguém fosse perto e ninguém se atrevesse a entrar se, enquanto não morrêssemos dias a fio, entrássemos ali, morreríamos de espada golpada em nosso pescoço. dias a fio não morreríamos para provar limpeza de maleitas pegadas, e tão longe me impunham os pés, fechado de trabalho que nem vacas me davam para mungir, nada me libertava para saber que coisa se passava. a minha ermesinda, pé torto, braço para o céu, admitida de visitas a dom afonso, horários matutinos, como se nem dormisse comigo, sujeita a levar de mim o tanto de que fugia nosso senhor.

puta que o pariu, ao nosso senhor, a pôr-se na minha ermesinda sem sequer temer que de mim lhe levasse maleita. coisa, ainda que escondida entre sexo, a espreitar por velho tonto que lhe abrisse caminho. e, se nada me dizia a minha amada, como tiraria da cabeça que gozava tanto nas idas como com a minha cara nas voltas. por isso pensava eu, e se a partisse mais ainda, partida de outro pé que lhe afastasse percurso ligeiro, e a fizesse atrasar-se aos pré-avisos de acordar dona catarina. qualquer coisa que a mandasse a dom afonso em desmazelo de tempos descoincidindo com tudo o que era passível de escapar a dona catarina e afligisse, enfim, sua senhoria. como andava de tal desconfio, sempre entreolhada de soslaio com a empregadagem que lhe desse sinal de prova perto, era dona catarina servida da culpa do seu marido se visse atrasada e em gasto a minha ermesinda chegar. fui buscar o teodolindo, que me dissesse ele da desgraça abatida sobre os meus ossos. morrerei soterrado de peso tanto que me encabeça, e homem nenhum deve ser encabeçado assim, que a cabeça está para o corpo como a alma para deus, a cabeça pensa. e ele pensou comigo, se estropiares a tua ermesinda mais ainda nem em pé se terá, atrasará o passo para ir ao encontro de dom afonso, mas atrasará o passo também para te servir o que lhe dever. e como viverás de fardo de ela tanto carpir dores e tonturas no seu caminhar lento e balanceado. deixa-a estar assim e descobre-lhe o vício primeiro. dá-lhe tempo para se descuidar. e preocupa-te com o teu irmão, há gente que diz tê-lo visto a fazer poções mágicas perto do ribeiro, dizem que com elas faz surgir imagens nas pedras como se fossem coisas descidas do céu. se o senhor padre ouve tal coisa acusa-o de heresia só de ciúme. tão grande visão desperdiçada com uma criança, ele não aceitaria. e achas que o meu irmão poderá ter alguma visão do céu que nos avise de mal ou bem, perguntei. não sei, depois de tanta expiação, neste inferno que passámos, quero dar graças a deus pela minha conservação e afastar-me de todas as fúrias. sabes, teodolindo, o meu irmão está furioso, sem a minha mãe, agarra-se à sarga como se lhe pedisse de mamar. não digas isso, já basta o que se conta. e também penso nisso às vezes, e duvido, e odeio o meu pai por ter desaparecido para esconderijo secreto e voltar de lá sem a minha mãe, nem voz, nem aquela sabedoria com que me fascinava nas noites em que me dava importância. adorava que o aldegundes fosse um anjo, parido de uma vaca ou não, e nos levasse a todos a viver no céu que se abre sobre as pedras.

era cedo, manhã muito fresca ainda, quase luz nenhuma, e dom afonso aproximou-se de nossa casa tossindo. saiu-lhe meu pai, abatido de desgosto, mas mais célere no hábito de se levantar de premonição às coisas da noite. dom afonso, senhor, manhã tão cedo nestes ermos e escuros de dia que nem veio ainda, que nos buscais, senhor. sarga, tira teu filho da cama e põe-no em conversa comigo. imediato dom afonso, imediato o faço. não, sarga, não é esse, é o aldegundes, o miúdo, quero saber dele coisas que me andaram a contar. que vos contaram, nobre senhor, que vos terão contado do meu pobre e triste filho. a ver vamos o que confere, sarga, quero vê-lo de boca falante a coincidir ou não com o espanto que trago. aldegundes, levanta-te, aldegundes, anda, rapaz, que dom afonso te corta orelhas fora e perdes audição para sempre. puxe-o cá para fora, quero-o esticado de pé, hirto a ver que pedaço de rapaz se fez. está esticado para a idade, quanto tempo tem esse rapaz. dom afonso, uns já invernos largos, treze, nascido para o tempo do nascimento de cristo também. a ver se cristo partilha com ele algo mais do que isso. a ver as tuas mãos, rapaz. abre-as de par em boa vista. estão ainda limpas de calos, não trabalhas muito, pois não. dom afonso, eu sou apenas o ajudante do meu pai, o mais que faço é mexer os leites, vejo os queijos com a ermesinda e guardo as coisas dos bichos e gentes que se aproximem a mau intento. zanzas por aí. fico cá fora com a sarga a ver se vem alguma coisa ou alguém. e que mais fazes. nada de sinal, apenas desperdícios de tempo, senhor, mas nada em prejuízo. pois a mim disseram que trazes das mãos o céu a toda a hora, pintado em tábuas ou pedras com facilidade impressionante, como se desse para nos distrairmos da realidade e tombar por ele a voar. como lhe disseram pode não ser verdade. negas que pintas o que me disseram ver. não, mas que o pinte em tamanha facilidade, tão grande convicção que desse para voarmos nele. continua a ser uma tábua onde se vê o céu, e quem nele quisesse enfiar a cabeça, para voo ou suicídio, grande galo lhe cantaria. a ver vamos que vai nessa casa, a ver essa porta de que me falam, arranquem-na que a quero ver. senhor, se puder entrar. nada de entradas, ao ar desta manhã, sob o céu que se acende, quero ver essa porta, entrar em vossa casa seria sujeitar-me às bichezas que lá existem, quero ver bem visto o interior dessa porta aqui fora. e que calma lhe deu agora, senhor. uma calma de divina providência, sarga, uma calma de divina providência.

arrancada a porta, melhor se via ao sol nascente a incrível semelhança do seu céu com o que estava em cima das nossas cabeças. e dom afonso disse, sairás dos queijos e dos leites, e nada de vacas a estragarem-te a cabeça de ideias parvas para sexo errado e proibido, farás na casa grande este céu e estes anjos em madeiras que mandarei preparar, e ficarás instruído a voltar a casa só depois de satisfeitas as ordens de dona catarina de se fazerem retratos da minha e da pessoa dela. ficarás para os gostos de dona catarina, rapaz, a contento dela deves correr. afina os dedos e apura as mágicas capacidades das tuas poções, queremos que lá estejas amanhã, pelo sol no pino, preparado para o milagre da reprodução das nossas figuras na matéria-prima. uma tábua que se espelhe em nós, quanto de fantástico reconheço nisso. sarga, dê graças pelo filho que tem, que em ócio lhe veio um talento para coisa que só a deus compete, e se deus lho delegou, abençoado seja o rapaz. obrigado, senhor dom afonso, vossas palavras animam-nos para a temporada da vida. levante-se, sarga, levante-se e ponha-se a caminho do trabalho, não descure a sorte que ainda tem.

rodeámos dom afonso, como coisa de comer que se dispusesse à sua boca, e ele pôde ver sobre nossas cabeças, abaixadas de reiterada servidão, o feixe de luz dentro de casa, luz que se acendia pela raiada manhã, quase aberta de fresco branco no céu tão claro e cedo. e perguntou, que é esta luz dentro de uma casa como se viesse dali o sol, só aparição ou fogo impossível daria coisa assim. retirámo-nos de frente e sorrimos, é dos untos de pintar que o aldegundes colou às paredes, fazem a luz entrar ao de leve e sair incandescente. e ele entrou a medo e fascínio e assim era, todo o interior da casa estava coberto de um céu incandescente onde anjos se organizavam para encontrar a minha mãe, e o aldegundes explicou-lhe, procuro a minha mãe, em alguma nuvem há-de estar, mas já tenho casa cheia, por isso vou

às pedras procurar. ao centro, manhã vinda em esplen-
dor, estávamos como apagados de brilho, esmagados
por tão grande relevo que brotava do que víamos. é um
relevo que está só nos olhos, contava o aldegundes, na
verdade não existe, só tem medida para os olhos.

treze

entendida no interior da casa, foi ermesinda quem me disse, as tábuas estavam deixadas à entrada para serem levadas para a sala, e tudo estava preparado para ser feito como ouvira dom afonso o conselho de el-rei, dito em tempos idos de visita. era o que se fazia em grandes ocasiões, dava-se um espaço grande e noutro colocava-se estrado ou limite que servisse de lugar para outras pessoas, as que serviriam de ligação entre o sonho do pintor e a realidade dos corpos. assim foi que a brunilde viu o nosso pequeno aldegundes sentado em banco que lhe talharam, a dirigir três homens dispensados, para tirar deles caras de anjo e corpos claros a confundirem-se com perfeições nunca vistas. e não eram aqueles calmeirões feios que se viam, eram belos anjos, nus, a irmanarem-se uns com os outros para mostrarem amor fraternal emotivo aos olhos de quem os visse. a brunilde dizia que se arrepiava, fazer de uns untos coisa de ver anjos era milagre de artifício tão incrível. nada mais surpreendente, confessava, era um artista, como ouvira dom afonso gritar fascinado, este sarga é um artista. punha-lhe a mão nos ombros como se gostasse mesmo dele, destituído de qualquer nojo, só apreciado de entusiasmo pelo trabalho que o meu irmão cumpria.

e o teodolindo era um dos calmeirões que o aldegundes pintava. e jurava que assim acontecia. nem o curativo na cabeça se lhe via nas tábuas, apenas uma reminiscência de uma beleza que poderia ter num desejo de vaidade. sim, era mesmo o teodolindo quem aparecia nas tábuas entre os outros, mas havia nele uma pureza como se, ao pintá-lo, o nosso aldegundes o curasse de tudo, até das imperfeições e fealdade. e ali ficava, um anjo nu e perfeito como, dizia, poderia ser o retrato da alma, o retrato de dentro. o teodolindo pôs a mão no ombro do aldegundes e confessou-lho, que era imagem grande aquela, e pertencer-lhe lhe dava honras que não esperara vida inteira.

nessa altura, a minha ermesinda comida dia a dia pelo nosso senhor, entre dilemas me via eu. partir-lhe tronco, deixá-la a rastejar, inútil, e depois largá-la no centro das casas a vê-la solteira, esquecida a esmolar-se para nacos de pão seco. partir-lhe pescoço e matá-la de mais nada, isso sim, cornadura enterrada de vez por todas, como o meu pai tinha razão, se todos pareciam saber, tão insistentes se tornavam as idas dela à casa grande, diariamente, quando ninguém esquecia coisa que se repetia tanto. acabar dom afonso, pô-lo de surpresa em morte certa, para cima dele atirado em ira tanta que o finasse de assalto, sem deixar testemunho de que fora eu a despachá-lo para longe das nossas existências. dom afonso morto, como ficaríamos entregues à sorte pouco risonha de contar com dona catarina. burra de tanta coisa, estúpida de acordar, parva de comer, feia de parecer, chata de aturar, má de vestir, disparatada de falar, inebriante de aliviar as tripas. impossível arriscar tanto, dom afonso, entre tudo, havia de ficar vivo, enquanto nos não favorecesse a sorte em dinheiros que pudéssemos haver para ignorar o jugo e partir em viagem, para onde nos desconhecessem fama e nos aceitassem trabalho a recomeçar.

sem aceitar que a ermesinda me encornasse ou enfim morresse, que má sorte tinha sido a do meu pai abdicando da minha mãe para educação da sua morte, tanta agonia era minha. talvez a coragem de acabar com ela, remetendo-lhe a alma a deus já sofrida para grande perdão, fosse coisa de ganhar, mas era o mais que fazia acordar quando acordava cedo para se encaminhar a dom afonso, e ficar a vê-la sair sem pressas nem sinais, mas certamente em anseios grandes por se meter debaixo dele. nesse dia, costumeira na rotina, pôs-se de pé em nenhum tempo e eu senti ruídos. alguém a viria buscar ou nos rondava a casa a buscar coisa outra. em silêncio a pus, de gesto e boca, imóvel para me deixar ouvir que mais estaria a ser preparado no lado de fora da casa. não é a sarga, que essa fica do outro lado, presa suficiente para não chegar à nossa porta. alguém mais seria, coisa a suspirar sobretudo. tive-me nos pés em repente que me levou lá fora a cuido da sarga e do meu pai e irmão. intentos maus poderiam perigá-los e eu teria de me acudir das forças de braços, e pau mortífero nas mãos, para impedir que desgraça nossa reviesse tão pouco tempo depois do destino da minha mãe. e saí, bufando peito aberto, meneando corpo à procura infalível do que ali estivesse e estava, perto da sarga sem lhe tocar, quieta, a mulher queimada, monstro de falsa saída do ventre de minha mãe, monstro nosso, como diziam. e eu vi, feições desfeitas, como lhe era dada a cara do fogo, a alma do inferno aos nossos olhos exposta. e disse, ao que vens, ser do inferno. apieda-te de mim, rapaz, sou uma pobre velha, tantas dores me dá o corpo, tanta confusão me vem à cabeça, não me peças mais maleita, não me rogues mais praga que a de ainda estar viva me basta tanto. de que lhe poderia servir minha piedade se nada tenho que vos caiba. nada, só a autorização para vir perto, estar perto, sem ter de correr, fugir, abusar do corpo mais ainda. se secarem estas plantas que me deixou minha mãe, se caírem pétalas que seja destas flores agrestes que rodam nossa casa, livra-te de comparecer para nova visita, queimar-te-ei osso dentro até desfazer em pó alma que te suba ao inferno para valia nenhuma, nada. vim ver a sarga, já me deixo e vou. e foi.

a mulher queimada estaria escondida para os lados das pedras que o aldegundes cobrira de céu. era sem dúvida o lugar onde teria a água do ribeiro e o coberto das árvores para se abrigar de sede e lua e sol. se te aparecer tal bicho, coisa mais feia que pesadelo, evita proximidades e foge à cata do nosso pai que te ponha debaixo do braço para protecção. ouviste aldegundes, não vás em conversas com coisa tão ruim, afasta-te de desgraça tão grande, ou pega-te mau-olhado que te murcha como flor. e as plantas da minha mãe refloriram muito mais dia seguinte, vindas ao sol numa euforia espantosa, colorindo casa à roda mais que algum dia, e nada baixou minimamente que fosse, nada de flor alguma, todas efusivas a fazerem-me pensar que, se a mulher queimada secasse as flores, poderia dar-lhes vida também.

e a ermesinda nada disse, calada a sair para encontrar dom afonso, como sempre. já menos atrasada nos intentos do que no dia anterior, se a mulher queimada não viera, e posta em caminho com avisos de olhares para todos os lados. e eu fiquei a vê-la, não fosse surgir monstro que a tivesse frágil a seguir para dom afonso. terá ido para o de sempre, eu mal servido de honra a amaldiçoar sorte que tinha, saudades da minha mãe, medo do meu pai que se calava, surpresa do aldegundes a pintar impossibilidades de ver realmente. e a brunilde garantia-me, se anda posto nela não vi, agora que me deixou de baixinhos levantados, coçado de mim para rápidos alívios nos cantos da casa, deixou, nada, não me procura, não me quer, e eu com isso, até prefiro. dada de puta a dom afonso, despeitava-se, era o que era, despeitada como mulher legítima a descaber de raiva por alguém lhe roubar o lugar, e era a minha ermesinda, escorreita no cumprimento das ordens, a irradiar sua beleza para proveito de velho tarado que a submetia a tão grande compromisso. que compromisso nojento seria, ultrapassado da vontade do marido, sobreposto ao marido, coroa de osso. minha puta, se te apanho um só sinal, um só sinal que me garanta que o avias, abro--te meio a meio, e enterro-te meio a meio tão longe de parte a parte que seguirás incompleta para o inferno para eternamente agoniares de desencontro. ela a encolher os ombros e a jurar, não fazemos mais que conversar. dom afonso sente amizade e interesse por coisas que digo, porque vejo belezas nas coisas que lhe digo como melodias, assim se entretém e fascina. coisas como, perguntei. assim como palavras belas tiradas à mudez das coisas que vejo ou acontecem, palavras preparadas na sensibilidade do coração. como palavras dos sonhos mais bonitos. se se gasta em conversas de mulher, que homem menos natural será ele. que me estás a dizer, mulher, que dom afonso se entretém com fragilidades e ilusões femininas. que se basta do que uma ignorante como tu lhe leva boca a boca. estarás louca de acreditar que tal pretexto que me convencesse.

e agarrei no aldegundes e apertei-o. se agora está lá dentro, diz-me que coisas vês. anda, se podes ver anjos nas tábuas, hás-de poder ver dom afonso em cima da minha ermesinda. não ouviste nada, aldegundes, diz--me se não ouviste nada. e o aldegundes abanava com a cabeça e padecia comigo. e com ele o teodolindo negava também. passavam muito tempo na casa de dom afonso, dentro e fora em trabalho delicado, mas não percebiam nada que acusasse a ermesinda de infidelidade. o meu irmão tentava acalmar-me, contra todas as coisas, talvez ermesinda fosse verdadeira e só lhe quisesse dom afonso a conversa. se disser palavras de encanto pode ser que se afine como num canto, exacto como ela to confirmou.

dia seguinte anúncio veio, el-rei nosso estaria perto e chegaria a qualquer momento para visita prometida. ainda nem medo nenhum afastado, mas imprudência que o trouxesse haveria de fazer a felicidade de todo o povo. que venha imprudente a ver-nos, gritavam, el-rei estará entre nós como bênção mais divina, e tudo do diabo se levantará ao poder de sua presença e nossas vidas novamente se encaminharão. por isso, larguei ermesinda na manhã novamente e pensei que seria imprudente arriscar correctivo que se notasse mais ainda aos olhos de ilustre visita. marido tão severo, mal de opinião podia padecer e, incompreendido por el-rei, muita dor ou corda lhe dariam ao pescoço se por azar alguém o sugerisse. há no teu destino um favorecimento contínuo, ficarás liberta para o teu encontro como se normalmente coisa assim mulher de homem fizesse, mas não tão livre te terás, que olho meu saberá de ti a cada momento e te apanhará no deslize que tiveres, e ai se tiveres, ai se te apanhar concreto numa traição a honrado casamento, não queiras saber de corpo que te sobre, nada te reconhecerás entre carnes tão reviradas. leva-lhe recado de mim sem que lho digas, que por caução se afaste de vício que te tenha, senão, noite destas, lâmina afiada será o traço da vossa desunião. vai, ermesinda, e pensa em graças em el-rei, limpa a alma para o receberes, que as atenções de nosso deus estarão sobre nós, tão interessado em seu escolhido se deve ter. e o que deus te vir, ai e o que deus te vir, ermesinda, que seja a meu bem e de meu nome.

catorze

os gostos de dona catarina serviam-se lentamente em dúvidas. dessabida de decidir o que lhe parecia, mandava fazer mais e mais, à procura do que lhe viesse à cabeça, mas quase nada vinha que lhe fosse concreto ou seguro. eram coisas vagas, a dizer. dizia, parece que se tivesse túnica vermelha me convencia melhor de ser anjo, ou que coisa devia ter na cabeça para contrastar com tão grande leveza, quero mais forte, mais duro, ar de guerreiro, ou não quero nada disto, esqueci-me de te dizer que não o fizesses. e o aldegundes fazia e refazia, enquanto ela provava e reprovava as suas opções.

a casa estava cheia de tábuas expostas à espera de saber que se faria a tanta obra. era tanta obra de todos os anjos e já dona catarina e dom afonso retratados, em separado e juntos em posições e vestes muitas, elegantes mais do que a verdade, assim a fazer de conta serem mais dignos ainda. a empregadagem remexia nas tábuas a vê-las de perto, com dedos postos em cima a comprovar que ali estivesse coisa tão perfeita. a brunilde trazia notícias breves, que o aldegundes não parava, parecia máquina de criar beleza, e dom afonso, definitivamente, punha-se em ermesinda. porque nunca mais me procurou, dizia a brunilde, nem a mão no rabo, nem um palavrão dito em fugida a mostrar ansiedade alguma de se apanhar sozinho comigo. não está precisado, tenho a certeza de que está servido de grande satisfação, é como te digo.

e el-rei veio, sons ouvidos cantos todos, el-rei chegava, gente, cavalos, bagagens, pela rua vinham bordejados pelo povo lavado de modos a ver se comportado merecia grande vista. suspenderam-se os trabalhos por instantes breves, braços levantados em descanso, por dádiva de espanto de receber grande rei. e eu corri a vê--lo mais de perto à chegada na casa de dom afonso. estavam todos alinhados de recato e obediência, e até dom afonso e dona catarina se despiolharam, dizia a brunilde, dia todo de ontem a catar merdas no corpo para parecerem melhores ao digno visitante. e era como se recuavam de passos a deixá-lo andar à vontade, fosse circular por onde lhe aprouvesse, a ver tudo o que lhe parecesse, e todos torciam dedos e faziam figas para que esforço feito na lida da casa valesse elogio por organização avançada e respeitosa de sua majestade. e el-rei zanzou um pouco no exterior da casa e falou coisas que só dom afonso ouviu, sorrindo de simpatias agradáveis que nos levantavam suspiros aos corações, e dona catarina seguia-os de perto, posta em seu lugar de menos nobreza, mas tão perto que comentaria com a brunilde e as outras, ouvi-o dizer da beleza de todas vós, servi-lo-eis se vos pedir, que a rei não se recusa putice, ouviram bem. se se oferecem a meu marido, não vos custará montada de rei. dona catarina, que coisas diz. cala-te, rapariga, não me enfureças, são ordens para obediência sem hesitações. que não saiba eu de el-rei solitário nesta casa onde o queremos bem, que não me pareça noites inteiras em sentido de três pernas à procura de quem o alivie da virilidade. sereis atentas, ou sereis putas de cavalos, postas a trabalhar nos animais para só ver sentido de besta. dona catarina, deixai-vos de desconfiança, nobre senhora, vosso marido muito vos ama, e nenhuma de nós vo-lo cobiça, tão belo casal fazeis. andar daqui para fora todas a espanar pó e preparar coisas que se comam. quero porco morto para a noite, tenham atenção aos homens, que mo tragam morto de hoje para refeição farta a receber el-rei. saíram para todos os lados da casa e fora, corridas de zelo uma a uma, assustadas e entusiasmadas com responsabilidade acrescida, e anseio por noite que viesse e o que viesse. el-rei sozinho no quarto, se decidisse por saída à procura de uma delas, qual escolheria, e que faria de preferência, teria arte maior que a de dom afonso ou outro homem qualquer. talvez rei tivesse dote mais divino, capaz de ter e dar maior prazer, talvez fosse coisa de pasmar só de ver. todas ficariam em pulgas, trabalho de dia inteiro, putas de esperar tanto sem paciência por noite que as escolhesse para aventura com el-rei. e é como te digo, dizia a brunilde dia seguinte, a mim não me escolheu, que tive porta aberta tempo todo e para nada ouvi barulho, mas esta manhã já lá tive dom afonso, sabido de saudades, a ter por mim a falta que a tua mulher lhe fez. não tenhas dúvidas, a tua ermesinda não lhe deu manhã, teve-a comigo. e era como estava mostrado, a minha ermesinda, impedida de visitas para todo o tempo que el-rei nos visitasse, deixaria fomes a dom afonso que se matariam com comida velha, e eu provei-lho de lógicas e palavras escolhidas. estás de puta todos os dias, terei de fazer alguma coisa por ti uma hora destas, coisa que te ponha buraco fora de badalo alheio ou, quem sabe, badalo nenhum. e só não a acabei ali mesmo pela mulher queimada próxima da casa em surdina, a ver a sarga e a suplicar côdea de pão seco que lhe desse. dei, e perguntei-lhe pelas plantas da minha mãe revigoradas em erupção, como alegria que nos quisesse atingir. e ela disse que sim, que era só vontade de cabeça que fôssemos felizes por permitir--lhe a figura, a palavra, o toque sensível na magreza da sarga. que tem a sarga consigo, perguntei. nada, gosto do jeito doméstico dela, velha e resignada com viver, parece não querer morrer. assim é, diz o senhor santiago, que é milagre que ainda esteja viva. é um animal inteligente, faz-se de burra para enganar morte mais natural que a levaria muito mais cedo do que lhe apetece ir. quem sabe. e não dissemos outra coisa, ela saiu campo fora com pão seco na boca, menos apressada. e eu ainda lhe quis dizer que el-rei visitava dom afonso, fosse desconhecer novidade, metida nos ermos onde se escondia, mas já não disse, e ruído que fizéramos já acordara meu pai que se perguntou de algum atraso no atendimento do trabalho e partiu. o meu irmão aldegundes esvaziara a casa desde que dormia na casa grande, parte de baixo, junto aos guardados de dom afonso. o meu pai não se queixava, simplesmente desistia de mais e mais coisas, até me parecer só uma manifestação de saudade muito grande do tempo em que nada da minha mãe partir tinha ainda acontecido. por isso deixei-o ir sem questões ou demoras e reentrei. pus mão na cara de ermesinda e prometi arrancar-lhe olho algum se me pesasse a cabeça dia inteiro passado. era o que dizia o teodolindo, se te dá cornadura há-de pesar-te cabeça realmente, tenta saber se mais a cada dia e saberás em que manhã terá sido. arranco-te olho e ponho-o na terra a partir para o pó muito antes do resto de ti, a ver como passas a ver menos homens que não te competem.

vamos a ver se el-rei nos agracia com desculpa ou moeda que dispense. era o melhor, moeda que trouxesse para nos pagar vida tão dura. ou tempo, dizia eu, se nos desse dia de folga para o adorarmos pela compreensão.

o teodolindo rezava pela moeda, mas el-rei nada nos traria que já não tivéssemos, vivas para a alma, temores para a bondade, conselhos de tratamento de corpo e tudo o que era social. juntos éramos uma sociedade admirável, a produzir necessidades saciadas exemplarmente, achava ele. não o contradizíamos, estávamos todos reunidos para ouvir, assim manifestara interesse nisso a dom afonso e ele se admirara, como nós. e como moeda alguma saltou varanda abaixo, nem desculpa de coisa que fizéramos, barafustámos para dentro e trabalhámos. fixei o sentido de dom afonso, inclinado sobre si um pouco mais, mais acabado do que há tão pouco tempo estava, e era concreto que coisa diária o gastaria em folia mais rápido do que estava a gastar-se antes. não tardaria nada a que minha ira se abatesse sobre ermesinda novamente, corrigida um pouco mais à sobriedade que deveria manter.

trabalhámos. espalhávamos pelos campos água e aberturas para sementes. era preciso afastar a secura que havia pouco se viveu. e todos escondiam de el-rei o caso da mulher queimada. nenhuma condenação haveria de nos ser conhecida. como se nenhuma mulher cozinhasse ali coisas más e houvesse sido queimada contra decisão das pessoas superiores. e el-rei bastava-se com olhar as pessoas a trabalharem, que lhe pareciam boas pessoas só por isso, e elogiava dom afonso do tino que nos metia. e o senhor padre juntava-se a eles, com ares de bispo e tudo, e até dizia coisas, como se as coisas que dissesse fossem importantes e estivessem ao nível de quem tinha tanto poder e selecção divina. víamos el-rei passar com pajens segurando-lhe vestes e abanicos grandes, destapávamos as cabeças em respeito e chorávamos os nossos mortos com um sorriso nos lábios, para não entristecer, e muito menos incomodar, a visita.

quinze

e o nosso aldegundes arranjaria coisa que nos mudaria todo o tempo futuro, por mais que ainda desconhe-
cêssemos o que tanto seria. el-rei lhe daria mudança,
de nossa terra pequena para seu palácio, palácio de rei,
ouvia-se dizer, coisa alta e valiosa, a chegar às nuvens
e a baixar-se terra dentro, com catacumbas para ce-
las de cativos ou esconderijos de tesouros impossíveis
de arrebatar. deus nosso, que milagre saía de boca de
el-rei, comentado com a brunilde em braço enrolado
com o nosso aldegundes, que pintado tão perfeito estavam os rostos de dom afonso e dona catarina, estaria
o aldegundes em obrigação para com sua majestade a
pintar-lhe figura em tábuas maiores para orgulho de
reino inteiro. partirás em direcção ao palácio, chegarás
para ficar tempos que te ocupem, e serás recompensado
por tão grande talento. foi como próprio el-rei lhe falou,
diretamente falado com ele. e a brunilde chorava, feliz
e apostada de tudo, já nem zangada por ser desprezada
de noites por el-rei, metido com a ricardina seguramente. por certo, nosso aldegundes tem destino e nada
podemos descurar agradecer-lho a deus. toda a população escutou tal impropério, como achavam, lá seria real
que el-rei digno e despiolhado nos escolhesse, sargas,
para acompanhamento ao reino de verdade, onde se

ouvia dizer, ninguém vira. lá poderia ser que um sarga valesse coisa de jeito. e já se dizia que monstro a aparecer terra assombrando constantemente, já nem tinha nada connosco, já nem mulher queimada seria, seria qualquer cão que se vadiasse algures por ali mas, tudo culpa nossa e amaldiçoados constantemente, todos se esforçavam por saltar aos ouvidos de el-rei história má contada de ponta a ponta sobre nós. e o meu pai ordenou que nos recolhêssemos mais ainda, que dados de confiança nos teríamos criadores de maiores invejas, importante seria anular efeitos de existência, existir menos para que menos se lembrassem de nós. fizemo-lo atentamente, importados com ser o aldegundes prometido para o reino, a ser compensado de talento natural que deus lhe dera, compensa que nos poderia favorecer sortes de todos os sentidos e até dom afonso nos teria conta maior. e foi choque grande sermos chamados a casa tarde a meio, interrompidos de trabalho para acreditar que dom afonso trouxesse rei de verdade a nossa beira e, sem aviso de urgência, garantir, com bichezas ou não, tereis de ver por vós mesmos, majestade, entrai em casa dos sargas e vede como a luz é pertença das paredes qual divindade se expressasse. e ele entrou e saiu maravilhado, posto de mãos à cabeça e quase chorando de visão que o acudisse com notícia do céu real. majestade, muito nos honra vossa comoção, e nos comove pedido que fazeis. calámo-nos e merecemos em segredo tão grande escolha, parados, pés parados juntos, cascos quietos no chão, arfado aumentando no peito, deus nosso, os sargas eram coisa nunca vista para agrado de rei, os sargas, nascidos de pai e vaca, capazes de algo que os levasse a reino e tudo. e dom afonso ordenou, sarga, prepara teus filhos, que o talento e tempo do mais novo será oferta para sua majestade, prepara teus filhos, que um leve o outro a palácio que el-rei designe, e reza por olhos de deus postos em ti. e abençoado sejas também.

e eu entrei em casa e chorei verdadeiramente tal pedido, que nos elevaria muito acima da nossa condição e abracei o aldegundes amando-o. o meu pai acomodou-se mal na cadeira e lamentou que a minha mãe não visse tal sentimento, e eu garanti que o faríamos cedo nos mandassem e lá o deixaria em aposentos melhorados para cumprir o que tivesse até mo mandassem de recado a buscar novamente, quem sabe se para partirmos para novo lugar, para nova casa ou novo trabalho, conseguidos de maior riqueza para sairmos da condenação animal a que estávamos acometidos. a ermesinda anuiu e pôs mão no peito para se manter a respirar. e a ordem veio, partido el-rei em dia anterior, sairíamos dia depois para chegar ao palácio após chegada sua. e recebidos seríamos destinados e era tão simples quanto isso. dom afonso disponibilizava dois cavalos e carroça para cus que se sentassem e bagagem nenhuma se levasse. e era ordem para mim. vais caminho recto a levar teu irmão, sem demora maior ou grande ocupação que te perca trajecto ou tino. vais pelo direito das estradas e chegarás atempado para satisfazer el-rei como deve ser. e nada de mais ninguém levarás, tu e teu irmão, poucos dinheiros em bolsos, só os suficientes para nada de morrer a caminho de cumprir desejo, e só tu e teu irmão. e ficas calado no cumprimento desta ordem tão importante, a mais importante que algum dia terás, sem pio nem desvio. e que mais, dom afonso, perguntei. nada mais que te interesse ou te compita. mais que isso mandarei dizer a tua mulher. levantada a visita de el-rei, poderá voltar para instruções de companhia como sempre. e não quero conversa mais contigo, se não fosse sorte de teu irmão, ter-te-ia acabado há muito, vai-te com sorte por tanto viveres, coiso burro. dom afonso, se ermesinda se perde em puta a mim manda-me deus que. nada quero saber que te diz deus no que pensas, nada, vai-te embora daqui e não te desvies de exactidão nenhuma, resto disto só mais nada, percebes, rua daqui, cabrão, vai-te coçar de testa para longe da minha vista que te ponho a ferros até última gota de sangue te cair à terra.

entrei em casa e, noite coberta, escuro e silencioso o momento, entrei dedo dentro de ermesinda olho arrancado. como te disse, ermesinda, prometido de coração é devido. ficarás a ver por sorte ainda, ficarás a ver melhor do que te devia deixar, mas deixo-te o outro para vez que me pareça. ou por piedade, deixo-to por piedade, e a este deito-o à terra e cubro-o para ser comido. não te preocupes agora, se dormires de mão aí tapada acordarás ainda e ainda também quando eu for e voltar. e ela pôs mão e gritos no olho arrancado e deitou-se em desmaio para o chão. o meu pai quis acudir, mas nada o deixei ver, nem entrar, que desnecessário lho convenci. fiz eu coisa que me ocorreu, trocar olho por terra, buraco onde o deitei trouxe um punhado para dentro e lhe enchi cara com ela, que lhe absorvesse sangue e porcaria saindo, e secasse tanto quanto pudesse a abertura tão grande. e assim ficou. dormida sem sentidos para melhor ver como estaria depois. e foi como a encontrei manhã cedo, erguida na cama, mão posta ali, meio tonta de não saber que morte lhe poderia vir, e eu preparado para partir, o aldegundes também, carroça e cavalos à porta e a mulher queimada.

o aldegundes agarrou meu pai e, choro agudo, pediu-lhe pela sarga. não a deixe sem liberdade e recolhimento a cada tempo certo. não lhe esqueça uma palavra ou uma mão, que a solidão é o que mais a afecta. e rezemos para que o verão continue sem trazer frio demasiado, chuva e menos ainda temporal barulhento que a assuste de morte. ermesinda, vê a minha sarga, por favor, vê pela minha sarga mesmo o que conseguires ver. e ela acenou que sim cabeça mal erguida, e o meu pai chorou. filho meu, que mulher crias tu aqui, pé torto, braço no ar, olho nenhum à esquerda, tanto mal lhe pareces que mal se tem em pé para autonomia de funções e trabalho. assim lha deixo estes tempos, meu pai, cuide da sua virtude por mim, quero voltar para recomeçar tudo, como tenho esperança de ser possível. cuide dela e da sarga, volto não tarda nada. e a mulher queimada, nada se conte, nada se diga. levá-la-ei como pediu, para a largar em lonjura que lhe baste. caminhada de carroça poderá dar-lhe distância grande e salvá-la de fama má. esmolada longe será só uma desgraçada, aqui nada pode fazer. é por piedade, meu pai, e se as plantas da nossa mãe se entusiasmaram com feitiço que fez, grata como nos será, mais entusiasmo me pode dar para voltar e recomeçar tanta coisa de novo viço. seremos felizes, ermesinda, trarei do reino bênção e experiência que nos orgulhará, serás contente por mim. meu filho, ai que não te enganes com viagem feita em companhia dessa bruxa, se te cair desgraça dela em cima, são meus dois filhos e minhas esperanças todas que acabam. não se aflija, meu pai, vi-lhe olhos bem vistos, está por nós de agradecimento grande, não nos atentaria com problema, tem intento de nos compensar. que seja, e parte em descanso tanto quanto possas, que da ermesinda cuido eu passos e tempo. tê-la-ei por perto com amizade de uma filha.

saímos tão cedo assim, manhã nem clara ainda, a buscar a mulher queimada que se embrulhasse em lençol durante a primeira manhã, até caminho percorrido estivéssemos distantes de conhecimentos prévios com gente que passasse. e assim a encontrámos preparada, e eu disse, sobe mulher, partamos antes que atendam trabalho as gentes de perto e nos dificultem passagem com perguntas ou curiosidades, com gestos ou atrevimentos que te denunciem. não quero deixar o meu pai com fardo de se explicar por amizade nossa, desfeita ao povo de nossa terra. sim, rapaz, subo como posso e arranca, que te ficarei agradecida tanta vida tenha, a sonhar por ti coisas magníficas que te aconteçam de verdade. a ver vamos que será isso, a ver vamos. e meu nome é gertrudes, já foi de rainha, agora toca-me a mim fazê-lo de pobre desfigurada. quem te desfigurou foi o povo, tanta raiva lhe tens quanta injustiça te fizeram. se mo perguntas to direi, mais marido tivesse mais o enterrava. e isso porquê. porque me deram todos dores de mau grado, coisa de me terem desrespeito e ódio, postos em mim como bichos a toda a hora. e tu com isso mulher, homem de verdade consome-se de carnes, é normal. nada normal para mim que recuso ser de homem, nada quero que homem algum me toque. e porque te casaste. sempre fui casada por pais ou homens que me mandassem, mulher solteira é má de vida e fica sem trabalho nem amizades. pois mulher minha apanha tanto quanto deve, até que se ensine de tudo o que lhe digo. mal lhe dá que te queira, se te deixasse seria mais feliz. que sabes tu disso, se lhe dou correctivo e me ama acima dos erros que comete. acreditas nisso. acredito. tens de abrir olhos mais que convencimento. se vieste para me atazanar viagem toda ficas aí, berma da estrada a horrorizar quem te veja. não, peço perdão, intento apenas que me conheças se pergunta me fizeste. agradeço sinceridade mas abdico de razões femininas. mulher é coisa de pouca sabedoria e nenhuma estabilidade, o que pensam hoje, amanhã não sabem. é perigoso que se ouça coisa que digam, assim

que te abdico de proferires palavra, só palavra de sobrevivência te refiro, resto disso nada. como queiras. como
quero. peço perdão.

dezasseis

terra batida levava-nos caminho até caminho novo constante. e entre cada bifurcação muito se pensava e aguardava por decisão acertada. por vezes atendíamos por
alguém que aparecesse com informação que nos desenganasse e estávamos como se não nos tivéssemos perdido, e por isso estávamos satisfeitos e céleres conforme
podíamos. mas muito nos atrasaria a viagem, coisas
grandes que viriam para nosso encontro em surpresa e
perigo. o meu irmão aldegundes chorou de mais dor que
o afastava de casa, inconsolado por se ter artista de el
-rei, quando apenas buscava retratar a nossa mãe para
memória e adoração. e chorado acima de toda a água
do seu corpo a mulher queimada dizia, este seca-se sem
fogo, seca-se de lhe sair água toda, e ai do coitado se
não pára e não recompõe postura e valentia. longamente
lho dizíamos, livre-nos deus de chegarmos a el-rei com
um pintor emagrecido de carnes, incapaz de levantar
braço, incapaz de pintar. o aldegundes acenava com a
cabeça ideias sem falar e não o entendíamos para coisa
alguma, e eu desesperei. parados à berma de uma estrada, passava ninguém nem ninguém ou coisa se ouvia, e eu desesperei em voz alta, se população houvesse
teríamos ajuda que o nutrisse, mas neste fim de terra
batida, sempre em frente, o que havemos de conseguir,

perguntava. a mulher queimada permitiu-se descer da carroça e sugerir, ervas do chão têm magias da terra para sarar fomes do corpo pelo pó. se o corpo está de maleita e quer acabar para virar pó, só as coisas da terra o podem abdicar, para lhe restituírem prazer de viver e se esquecer de maleita que teve. e juntou folhas e raízes numa mão, mais unto parecido com matéria de pintar feita pelo aldegundes, e disse, fá-lo comer estas ervas, aqui tem perdão da terra, aqui tem perdão por chamar pela terra, por querer ser pó. maleita acaba-se com isto. e eu peguei no cuspido preparado e ingeri-o no aldegundes, a ter-se dormido em pouco tempo e sossegado se deixar. que era isto. nada que não fosse só ervas e raízes como viste. coisa que boticário tem. se boticário tinha ou não nunca o poderia saber, porque de coração nunca repetiria a receita, mas desimpedido de tristeza maior o meu irmão aldegundes recompôs-se e aceitou adiar--se de vontades, agora tão lúcido a proceder para el-rei. prepondera-te de gosto pelo privilégio, mais tarde voltarás para casa, premiado de gratidão e amizade, e terás tempo do mundo para revirar o céu à procura da nossa mãe, e eu prometi-lhe, farei descrições de palavras, palavras tão claras da memória que lhe tenho que poderás recordar pormenores que o diabo te esconda, juntos conseguiremos lembrar cada pormenor como era, e terás a sua imagem, aldegundes, teremos a sua imagem, e até o nosso pai ficará feliz com tal coisa.

sabes coisas de bruxa, disse eu à mulher queimada, espero que venda de alma não nos aconteça por nos amigarmos contigo. estarás seguro de vendas, nada tenho com o diabo, conheço apenas segredos da natureza que se desaproveitam por ignorância. tenho medo de falas tuas, já to disse, não acho que sejas pior do que outras mulheres, mas és diferente, e monstruosa como estás

ainda mais me arrepia aquilo que digas. desfiguraram-
-me, os filhos de um cão, já velha me bastava a fealdade.
e eu disse, e agora nada te será fácil para pareceres uma
mendiga qualquer. queimada como estás, vão suspeitar
de tronco a que te amarraram e vão querer saber porquê.
sei bem, mas nada tenho para trás, tudo o que me vier só
virá de terra longe, e como ficarei sentenciada em grande
pena por minha aparência, tão sentenciada também es-
tarei por me afastar dos meus lugares, sítios reconheci-
dos onde encontrava as minhas coisas, minhas plantas,
meus amores e desamores. terás de esquecer tanto disso,
ficarás bem se esqueceres mais depressa. e porque temes
tu assim a voz das mulheres, perguntou-me ela. ao que
respondi, por ser verdade que se iludem e procuram a
irrealidade como falta de inteligência, e mesmo afronta,
perante aquilo que deus nos deu. se deus nos deu a realidade, porque haveríamos de querer o que não existe. a
insatisfação deve ser a de chegar a tudo quanto nos obri-
gou, nunca ao que não inventou e inventamos nós. fazes
sentido, rapaz, mas nada que seja tão seguro ou neces-
sariamente assim. é que às mulheres deus dá conhecimento de algo que não dá aos homens, como a concepção
e como sentidos intuitivos para saber de acontecimentos
antes de lhos dizerem. por isso lêem olhos e sinais im-
perceptíveis que os homens não conseguem ver, como se
tivessem forças sem nome a montar sobre tudo o que facilmente se conhece. isso é conversa de bruxa. bruxa ou
não, mulher alguma precisa de feitiço para saber coisas
que só a ela compete. dizes isso a envio do diabo, cala-te,
já te disse que segues calada ou ficas em berma que te
ponha cão raivoso ou lobo feroz em cima. que te dizia tua
mãe das mulheres. nada que te interesse. a tua mãe saberia coisas impressionantes, tenho a certeza, afastada
pelas pessoas da dignidade a que tinha direito, acusada

129

de não parir os seus filhos em favor de uma vaca e, sabes que mais, a sarga tem coisas também, os olhos dela falam, só não consigo entender. ficas apeada, parva de bruxa, e se tentas maleita sobre nós arranco-te pele bocadinho a bocadinho fora, a arderes por dentro como da primeira vez não te souberam fazer.

o aldegundes não se convencia de que eu valera para a deixar apeada. rogava me arrependesse de tamanha valentia e voltasse a perdoar-lhe para que nos perdoasse também, e era como já sabíamos, que importavam essas suspeitas de que viríamos da sarga, e se viéssemos, dizia meu irmão, vaca como aquela dava gente se deus tivesse querido. volta a buscá-la antes que derretam nossas carnes neste sol a abrasar. era verdade, começava a abrasar o sol e lembrava-me bem do que dissera a teresa diaba à boca cheia, as caldeiras do inferno estavam entre nós e voltavam, era certo que voltavam. perdição nossa, a mulher queimada ligava-se ao inferno, tinha domínios desnaturais a permitirem-lhe capacidades de mais proveito que a força de mil homens. a bruxa, como se riria de nós quando padecêssemos de tanto calor, ardidos em estrada deserta só alertas da sombra da nossa própria carroça. mas se perdermos esta prova e a recuperarmos em hipocrisia, que amigos dela seremos, acompanhando-a para quê se pode mais do que nós, acima de nós, poderes de natureza impossíveis. que nos quer mulher tão vendida, que temos nós para lhe oferecer que não nos possa roubar.

não há como arrepender mais alma e corpo de burrice que tivemos, admiti. só nos resta não sermos mais burros ainda, já nos basta quanto ignoramos e quanto nos vence uma víbora instruída por forças maiores. rezemos por dentro à revelia do seu conhecimento. entendes, aldegundes, devemos rezar sem que saiba, para a cada momento convocar deus entre nós a ver se lhe opõe resistência e a deixa inútil de tanto mal que nos possa querer. e assim combinados voltámos.

voltámos e lá estava na berma conforme a deixáramos, sem movimento atrás ou à frente. sabia que a iríamos buscar. sorriu e o sol abrandou, mas podia ter sido pela noite que vinha. e sorriu a subir para a carroça onde nos apertámos como até ali. não havia como ir à larga, carroça dispensada por dom afonso estava instruída para assento de dois cus, nenhum de ninguém mais. e sacrifício só fazíamos em levá-la porque o aldegundes ainda tinha cu de criança. e nada dissemos senão inventada amizade, acima de tudo, amigos não se deixam, e desgraças de realidade ou fantasia todos nós temos, tu se calhar mais do que eu e o aldegundes. tal modo estás, mais depressa vieste de vaca que nós. e ela anuiu e seguimos. lentamente fui-me convencendo de que, entre mil feitiços que conheceria, ela não poderia ler pensamentos, e já garantido disso falei para dentro de mim todas as hipóteses das suas intenções. mas nenhuma me concordou cabeça e coração, todas lhes falhavam convicção de um ou outro órgão. perguntei, que achas tu do futuro, assim estropiada de peles nada discreta te será a vida. se ganhas fama grande, até em nossa terra se pode ouvir dizer de mulher tal escondida em lugares alheios. poderão correr a buscar-te os teus inimigos. poderão consumar o que quiseram fazer. que pensas destes medos ou já não te assustam medos assim. sabes que me assustam ou não viria de fugida em segredo convosco, mas o que posso tentar senão um recomeço longe mais que possa. terás de arranjar hábito que te esconda pele toda se houver, túnica fechada a cobrir teu rosto e mãos, se te descobrem queimada imaginam-te os feitiços. acreditas que sou bruxa. talvez. e o que te convenceria do contrário. respondi, nada.

noite caída, nada de caminho mais longo. só parar e comer coisa que houvesse, pão a secar, vinho, silêncio para sossego da bicharada feroz que tivesse propriedade do local e mais nada senão sono. encostada a carroça à terra de um lugar de nenhures, tombámos para chão em cobertor cada um, tolhidos para encontrar posição que nos desse o ilusório doce conforto das palhas de uma cama. espolinhámos quanto nos deu. adormeci após só ressonar da mulher queimada a endurecer-me os ouvidos. preferi, não fosse alar-se à escuridão com asas de luz ou fogo, e tratar de se obter daquilo a que andava. adormecida de fundo, dormindo com a normalidade possível, menos susto me dava e nada de maior suspeita havia, pelo que cansado sem trégua, só renda ao sono prestaria.

dezassete

manhã cedo o sol nos acorda, estava nossa cara acesa onde incidia como instrumento picando pedra. abre, parecia dizer o próprio sol, abre-te, e abri olhos e boca pouco vendo e bocejando, ganhando lenta consciência da diferença daquela manhã para com todas as outras. e até foi a ermesinda quem me acudiu à cabeça, hora de sair, que dom afonso excitado a manda correr para que nenhum atraso o frustre. e ela saindo ligeira, sem denúncia, mas também ansiosa.

como estaria a minha ermesinda a fazê-lo, perguntava-me agora que o pensava eu tão longe de a poder dissuadir ou impedir. quem sabe se, livre de mim, se levantava antes ainda e repetia o que houvesse de lhe querer dom afonso. repetindo duas e três vezes para se satisfazerem muito, quanto mais meu osso crescia. osso de corno só tem carne se marido cornudo o despachar, disse o aldegundes. que sabes tu disso, és uma criança ainda, nem juízo tens formado, retorqui. é verdade, a teresa quem mo disse, osso de corno só se reveste de carne se metido no olho do cu, e o cu de dom afonso deve guardar-se bem noite e dia, que as hemorróidas o atacam de dores e há sempre quem lho observe de cócegas e untos. não sabias, perguntou-me. e como o sabes tu, perguntei de minha vez. coisa que me disse a brunilde, respondeu.

pois a mim não me disse nada. não te conta da missa metade, e eu que vivi um tempo nos arrumos da casa grande ouvi que baste para me convencer. se enfiasse cornadura no cu daquele saía-lhe a vida boca fora. isso é que era matá-lo.

pois a mim parece que cornadura se deve deixar mir-rar, que importante mais do que isso é o amor. que dizes tu, mulher. digo que o teu caso é especial de mais para te deitares em desgraça com homicídio de grande senhor, logo te cortariam cabeça ou te enfiariam lâmina meio das pernas até cima de cabelo. e que mais sugeres que eu faça, coisas em concreto que me adiantem mudança para melhoramento. perdido de amores como estás, só te resta esse sofrimento constante, não melhora real-mente, tem tempos de um lado e depois tem tempos de outro, mas tudo regressa e se repõe. azar o teu foi sorte que te saiu em te haveres aceite por mulher tão bela, que em toda a nossa terra mulher mais bela não há. saída para vida adulta após liberdade de seus pais, que ho-mem não ta pediria emprestada, perguntou-me a mu-lher queimada. mas agora mudará, defendi, aberta num dos olhos nada de bonito se impõe no seu rosto, estarão as tentações alheias afastadas, é como te digo.

és bom rapaz, vieste buscar-me por coração, mas ainda te guardas de mim a respeito de medo. porque di-zes isso, perguntei. porque me desencaras os olhos, aflito de me deixares entrar em alma que me escondas. não te escondo minha alma, sou transparente conforme deus me pôde fazer. mais do que isso sei eu, rapaz, muito mais do que isso. já reparei como fixas meus gestos a receio do que façam, e ontem esperaste-me dormir para que dor-misses, e pão seco que me deste ficou tempo na tua mão a saber se bruxa come pão ou erva desfeita em cinza que apanhe. estás delirada dessas fantasias que dão às mulheres. se achas que sou bruxa, pergunto, porque bruxa sendo não haveria de te dar medo. és uma bruxa muito falhada, queimada de humilhação tão grande, fugida de amores que deixas, como dizes, que diabo de bruxa hás--de ser. tens razão, mas pelo facto de não ser bruxa se explica. fartas-me com a tua loucura, sê silenciosa. ao invés da pele, haviam de te ter queimado a língua.

e todo o dia se tornou insuportável por coisas que dizia. constante dizia o que lhe ocorria e se intrometia em vida que eu lhe tivesse de contar. e porquê, insistia, por teres sofrido mais do que ela. perdoa-a e verás como te atrairá a felicidade. que saberias tu da ermesinda. olha, vizinha fui de seus pais e vi toda a sua infância. e porque lhe secavas flores que tivesse, perguntei. que é isso das flores, perguntou. sim, das flores, cada vez olhavas casa deles, flores que tivessem secavam de murcho para morto. que coisa tonta de se acusar, ria-se, tão merda de feitiço havia de ser esse que, por problema que eu lhes tivesse, lhes secaria flores ao invés de carnes, dinheiros ou outras alegrias. mentes, acusei. rapaz, que tento de má educação tens tu. petulância e indelicadeza para comigo que, pobre coitada, só te peço percurso facilitado em carroça. a mulher amuou como com direito a despeito por briga de amizade e disse, um dia provo-te contrário, não vás ficar a julgar que dotes de mulher são só devaneios de loucas incursões. terás prova, amarás as mulheres para aprenderes a valorizá-las, e só depois te conhecerás de verdade. tanto me abalas a cabeça quanto te ignoro, é o que é, nem te ouço de nada abalado, sabes. és burro, vão-te crescer orelhas não tarda nada, será bem feito. isso é uma praga, perguntei. nada, é um disparate que mereces ouvir.

passou quem nos conversasse um pouco. ides a ver el-rei. que vos pode querer ele, perguntou. o meu irmão, que pinta coisas da cabeça dele tão parecidas com tudo o que deus esconde. real, perguntou de novo. sim, real de muita prova, põe-te imagem à frente que te dá tino de lavar mãos se for água, calor se for fogo e sonho se for anjo. muitas coisas pinta tão parecidas que confere ali deus sua criação por memória que lhe falhe. digo-to. pois folgo em haver-vos conhecido e honrado me sinto de saber que vos tratei. fazei boa viagem, caminhados de pouca perda, e segui recto sem hesitações, que agora, mais que nunca, é recto até terra que vejam, aí uma volta à praça tem de dar rua que vos ponha recto para caminho certo. e tu, porque vais tão escondido, perguntou o desconhecido tocando a mulher queimada. respondi imediato e já andando, está dormido de dores na cabeça, meio se perdeu de consciência, como parvoíce que lhe dá por vezes e fica descontado de valia para discernimento que necessitemos. é deixá-lo estar, pois então, parvoíce que passe é sempre melhor que parvoíce eterna, disse o homem que nos orientou. passará, pela noite, com dormida parada e descanso maior, terá reconstituição completa para grado de todos, disse eu. pois parti, parti, e que deus vos acompanhe, respondeu. gratos, bom homem, muito gratos lhe ficámos por destrinça desta bifurcação.

posta de pé, sem manha nem mais paciência, a mulher queimada endireitou-se, dores nas costas e barafustos vários. nada que não tivesse de ser. informada estava da necessidade de se esconder, e começar por algum lado impunha-se. era já a sétima vez que nos perguntávamos de destino aos passantes que raro encontrávamos. e quanto tempo por sinal gastaríamos, parados em bifurcações quando nada de ninguém se via longe ou perto, e opção feita poderia pôr-nos em caminho tão errado que até nos levasse para trás. raios partissem el-rei por nos destituir de cavaleiro que nos guiasse, conhecedor de todos os territórios, a facilitar nossa angústia para só se bastar de anseio pelo que veríamos. raios o partissem. cala-te e não nos penalizes por tuas opções, aguenta-te, tarda nada estaremos chegados e terás caminho por próprios pés, ouviste, mulher, cala-te e não nos enganes mais. desçamos agora e deixemos o dia para mais nada. escuro como fica já pouco dirijo que saiba ver.

e fugimos novamente. discretos sem barulho. ela adormecida em ronco e rebolada no chão, o aldegundes acordado de surpresa sem boca que abrisse ao peso da minha mão. de surpresa, murmurei, deixemo-la a dormir e nos dará tempo tanto de avanço que seu feitiço não terá pernas para percurso longo a separar-nos. não nos vai alcançar, dizia-lhe, confia em mim. e foi como saímos, noite breu, só lua a ver quase nada e nós, quietos ao máximo, a pôr carroça a andar, sustidos de respiração, tanto medo, muita vontade de estar subitamente longe daquele sítio. e fomos, passos rodados na carroça lentamente primeiro, depois um pouco mais a preceito, depois só um tempo breve a fugir de histeria e medo, acreditados de barulho nenhum se ouvir onde a mulher queimada ficara, e tudo que pudéssemos fazer para pressa nos parecia essencial. meu deus, como nos aquecerá corpo todo este abandono. que calor nos matará em pouco tempo assim acorde e nos sinta nada ali. cala-te, estúpido, não solicites má sorte nem imagines coisas para que o diabo ouça. manteremos passo largo, estaremos tão longe pela manhã, ela nem lado para onde fomos vai saber. deus te ouça, meu irmão, desgraça grande nos aguarda se, por distracção, ele nos desconhecer neste momento.

e tudo aqueceu em nossa volta, assim que uma luz fraca veio do sol ainda escondido e a mulher queimada acordou. acordou, disse o aldegundes, eu avisei. cala-te, já te disse, és burro de avisares coisas que o diabo escute, já te disse aldegundes, já te disse. mas não te enerves de mim, estou tão deitado para morto quanto tu. é um aquecimento de cansaço, é coisa de muito pouco tempo. aquece, meu irmão, e tanto calor começa, que faremos, perguntou. e o calor vinha de nós e em redor e quanto mais encostado ao aldegundes eu estivesse mais calor dele participava no meu, e o contrário também, e mais nos aquecíamos e não podíamos parar nem nos afastar, carroça com lugar de dois cus, pouco para onde um ir tinha que o outro não fosse também. por deus, cozeremos ou um de nós vai a pé, ou um de nós fica. nada de ficar, abdicar de um irmão é envio para o inferno. e apeado para seguir como gado, cascos no chão, só mesmo eu, que o aldegundes tinha menos idade e destas forças davam-lhe mariquices ainda naturais. lá me apeei para pé batido seguir lento, e a carroça muito mais lenta, o caminho a fazer, e o calor nada parado só não aumentava mais do que propriamente aumentaria, porque afastados nos esvaziávamos do calor do outro. mas nada possível de continuar. e era terrível. talvez que os animais também se desesperassem por nossa proximidade, nem sombra de carroça dava para os dois, e um à vez deixava o outro a morrer lá fora. maldito sol que nos queima só a nós. é feitiço, dúvida nenhuma, é feitiço. temos de conseguir, aldegundes, coisa de voltarmos agora seria assumirmos pescoço que ela quisesse cortar, temos de seguir e encontrar ajuda de bruxa que possa mais do que feitiço feito. e chegar aonde com calor tão grande, perguntava o meu irmão, só à morte. nada disso, há bifurcação ali à frente, caminhos vários mais passantes atraem, a ver vamos, alguém que nos veja saberá levar-nos a bruxa por certo, respondi em fracas esperanças. e muito tempo aquecemos até nos parecer impossível viver, e um só homem veio tarde um pouco, o aldegundes calado, meu irmão, nem sozinho nem acompanhado, que mais que o visse não o podia abraçar, só o meu calor junto ao dele o derreteria como merda. bom senhor, socorro. carroça lá longe é vossa, perguntou. é sim, vem connosco, que a propriedade é de dom afonso de castro, senhor de nossa terra e gentes. mal estais de calor tão grande, que vos acontece, disse ele. feitiço de bruxa despeitada, urge desfazê-lo ou morreremos. que feitiço esse dá calor. sim, são as caldeiras do inferno que se aproximam, calor em redor tudo se aquece até que fogo se acenda e nós e alma pendamos para chama da besta. quem vos fez tal merda, perguntou o homem com cara de espantado. merda maior com certeza, respondi. levai-nos, senhor, a quem nos veja, nos acuda de melhor feitiço e nos poupe a morrer, tanto penámos e nos espera el-rei. se el-rei vos quer, coisa grande levareis, carroça que seja, não é, coisa que esteja na carroça, não vejo. que é, perguntou. meu irmão que pinta, artes que tem de mostrar até que não se vê. sério, insistiu. mesmo. não vos agastais de esforços de palavras, tentarei a cada vez ter-vos um a um na carroça a suportar eu próprio o que puder. a ver que nos diz a orlandina.

dezoito

vontade do inferno só se freia com coisa do céu. se o fogo vos procura só a água vos salvará. que água assim, senhora, se cântaros que tínhamos secaram só de pensar. água de céu, água de nuvem. e onde buscaria eu tal coisa, se sobre mim o sol só se abrasa e nada se escurece de nuvem ou nevoeiro. que inverno posso pedir num verão tão infernal, perguntei. não te exaltes. olha para teu irmão. dorme. sim, está a dormir. e que coisa lhe dá aquela mão enfiada em cântaro. cântaro igual te guardei, água da chuva para curas impensáveis. mergulha pois tua mão em água de céu. água esta que não seca desse calor. e arrefeço, perguntei. por completo, rapaz, como te disse, água sobre o fogo te apaga. e só a mão me basta. por remedeio, que te baste na verdade só mesmo o esquecimento da bruxa que te amaldiçoou, pois enquanto te lembrar, sem te esquecer ao menos um sol a sol, impossível retirares a mão dessa água divina. significas que mão uma ou outra tenho de ter em água permanente, perguntei. não estás burro, isso mesmo, respondeu. cântaro para cima e para baixo, como te disse, até que dia venha que te esqueça por coração ou distracção por um sol a sol inteiro. que desgraça a nossa. queimados de uma mão, como fará o aldegundes os seus untos de aparecer cores. dessas coisas não sei, mas regozija-te por reviveres, mais tempo te pedisse o azar e não estarias aqui. e agora é uma moeda de prata. estareis louca, senhora. uma moeda de prata por água que chuva traz. água do céu em pleno verão, ou morres sem inverno à vista. moeda de prata ou nada. por dois cântaros. por dois cântaros, sim.

pousei grande moeda na mesa e fiquei a vê-la desaparecer para os trajes escuros da mulher como um roubo consentido. mais me doeu a vida por nos ficar tão cara. era a moeda de el-rei, só para ser gasta em recurso último de viagem. qualquer coisa que nos desse que nos impedisse de chegar absolutamente. e agora assim estávamos. tendo gasto tal moeda com cântaros de chuva, tão disparatados quanto parecidos com cântaros de água qualquer. quem nos veria com aquilo como se de coisa importante se tratasse, perguntei-lhe. ela riu e acordou o aldegundes. acorda, rapaz, tens um caminho a fazer, nesta casa só ficam os de cá. para dormidas há que trazer uma moeda de cobre. e à saída não me pisem os canteiros. cada flor vale muito, e muitas ferram pés como lobos. foi como dali saímos, a pisar leve entre as coisas do chão, a medo que pétalas afiadas nos cravassem a pele como dentes de morder e tirar bocado. agradecemos ainda ao homem que nos guiara. em todo o momento ali nos acompanhou e se descansou de nos ajudar como pôde. sim, que explicado de nossos mandos a el-rei nos pensou bem e se sentiu obrigado como favor que a santo fizesse. levantou a mão em despedida quase desculpando-se, sonhando com o que seriam essas imagens nas madeiras que o aldegundes podia fazer. sorriu resignado com a lonjura de o saber e partiu assim que partimos, para lado oposto e voltando a cara para nos ver desaparecer.

frustração tão grande a de nos vermos de cu sentado lado a lado, cântaros cuidados de não caírem, por deus que desgraça seria, e mão dentro inutilizada, tão ridículos. sem ideia de como dizer a el-rei que feitiço nos punha mão em água de chuva, e ai de dormir ou acordar sobressaltados que, entornado o cântaro, quem mais guardaria coisa estapafúrdia daquelas que nos vendesse até por duas moedas de prata. assim vos confirmo, diria eu, água da chuva. mas só mais tarde, que caminhada até ao palácio ainda nos demoraria noite mais uma e para descanso só nos ocorreu enterrar cântaro no chão para se incapacitar de tombar. era como, a cada aquecimento que tivéssemos, nos ocorria que a mão estivesse seca e a voltávamos a mergulhar. toda a noite adormecemos e acordámos, com receios vários e contas na cabeça feitas para garantir que, de pé seguido de pé, a mulher queimada nunca nos haveria de alcançar, mesmo noite gasta para sono como fazíamos.

acordados para a jornada final estávamos como de morte ao peito. nem nos apetecia mais ir a el-rei, como de início nos parecia coisa tão boa e de apetecer a cada momento. e se el-rei nos estranhasse em demasia ainda nos mandava cortar em postas para se livrar de trastes tão repletos de maleitas. o aldegundes via no futuro uma desgraça. parava os olhos no limite do caminho e parecia ver como seríamos infelizes. porque não desvias o olhar, perguntei eu, às coisas más devemos fazer pouca espera. e ele respondeu, porque não consigo ver com os olhos, só com o coração, e para isso me pára o corpo todo. nem sei se havemos de morrer deveras nesta visita, mas muito me desgosta que por procurar nossa mãe nas nuvens me tenha trazido para tão longe em aventura desmedida e a ser tão incumprida. fechei-lhe a boca num gesto. segui por caminho fora como se enfim aceitássemos entrar morte dentro, ou morte dentro a cravássemos mais e mais no peito. e assim avistámos mais e mais gente e lugares de gente e de gado, e o barulho aumentou até que se visse um castelo maior do que vinte homens empilhados, pronto para esconder um rei de qualquer ideia humana. grunhimos no nosso jeito o que era ao que íamos, e os guardas passaram olhos abertos por todos nós e nossa carroça. antes de decidir que fariam foram a buscar um bartolomeu. era um bartolomeu que nos veria com competência de substituir uma primeira decisão de el-rei. manifestou uns desagrados a cada visão, podia mal acreditar que fôssemos esperados para a preciosa tarefa de que el-rei, o próprio, lhe falara. procurava adivinhar, com matreira experiência, se éramos de serventia ou se estaríamos talvez enganando uns e outros para nos auferirmos de algo alheio. mais lhe repeti que estávamos assim de estranho modo mas que tudo seguia bem e que nos apresentaríamos correctamente para agradar e só agradar a el-rei. e talvez porque muita recomendação o supremo senhor lhe tivesse feito, o bartolomeu nos deixou passar primeira passagem com custo e refilos vários.

é água da chuva, disse então. água da chuva, nada mais, disse eu a uma mulher que nos viu de mãos ao peito e rosto encardido de susto. em tempo que nos dispensarem vos explicaremos tudo. nosso senhor jesus cristo vos remova mal que tenham, entrem, a ver que fazemos de vossos tristes preparos, disse-nos cuidada. e o bartolomeu vociferou, el-rei vos espera para conversas de amanhã, hoje estareis para desparasitação de banhos e incenso. quer-vos sua majestade despossuídos de tudo que não seja do corpo ou vestes limpas. porcarias que tenhais cagai-as ou cuspi-as, para nada vos quer el-rei se não estiverdes saudáveis. faremos como nos ordenares. estamos para servir el-rei com pormenor, mas respeitai nossos cântaros, sem eles morrere-

144

mos. el-rei saberá o que pensar de tais cântaros, a mim compete ter-vos cuidado de sobrevivência, ao que sei sua majestade tem adoração por arte que vosso irmão criança pode fazer, nada do que aconteça pode trazer--lhe a morte nestes tempos. el-rei manda, disse. e eu perguntei, voltarei a minha terra assim cedo me veja. disso não sei, respondeu. sei que cedo vos verá amanhã, do que vos designe não conheço. e se vêm com essa maleita, tudo se pode alterar em humores de rei, feitiço pode parecer maleita de pegar, e mal de algum perigo pode el-rei mandar que vos arranquem cabeça e destituam de vida para aniquilar possibilidade de pegação. cruel ideia a tua, deus te ignore, boca porca, tens a boca porca, bartolomeu. agora deixo-vos, chamarás por mim para cada coisa. és cruel, bartolomeu, para homem estás com malícia de mulher. peço-te, se tivermos de explicar com dificuldade, intervém por nós e acode-nos.

mão uma no cântaro, mão outra a segurá-lo, era nossa figura perante el-rei. vossa majestade nos perdoe, feitiço nos deitaram, coisa de passagem, que tarda nada estamos bons, mas antes disso se a mão nos foge ou água se entorna, ardemos como madeira seca. parvoíce é essa, bartolomeu, limpeza feita vêm de cântaro à mão. que vem nesse cântaro, perguntou el-rei afastando-se consideravelmente. água da chuva, majestade. e que chuva vos deu se não chove há tanto tempo, perguntou de novo. chuva guardada por mulher que nos salvou. como lhe expliquei, nada de toda a verdade, fosse ele temer as caldeiras do inferno abertas sobre o seu palácio e nos desprezasse companhia, lá se ia compensa de aldegundes, e trabalheira toda na viagem. também porque regressaríamos abanados de tristeza para desorgulho de nosso pai e ermesinda. por isso, vossa majestade, não é que se pegue ou perigue alguém por isto, é um feitiço de criança aprendiz, umas noites e passará. el-rei franziu o sobrolho e desconfiou, mais desconfiou porque não lhe trouxemos devolvida a moeda de prata de que parecia ter saudade, e disse, ficareis todos os dois fora do palácio, não vos quero à cautela tanto tempo dentro, ficareis duas noites de companhia com homem que bartolomeu escolha, e se duas noites vos acordares com ele são de corpo e espírito, entrareis de volta e fareis o vosso trabalho, que para isso muito tenho ansiado. e eu perguntei, mas e eu, vossa majestade, poderei voltar para casa, tenho lá mulher que muito me ama e por mim suspira. para que suspire menos mandaremos notícia amanhã da chegada e da demora para voltar, ficará descansada de anúncio de vida tua. se vossa majestade o indica. e agora ide, que maleita que vos entrou pode entrar em mim, rua para longe seus animais.

fomos para longe. a medo e mais medo, entreolhando--nos, e ali parámos onde nos foi dito. mal encarado o bartolomeu, pedimos perdão. é que o medo nos dava a volta às tripas e nos punha cu a fumegar, e fumo de cu, já se via, tinha cheiro de pouco agrado. e aos dois aumentava o medo e o fumo e o cheiro e a tristeza tamanha de tudo aquilo ter começado.

bartolomeu apontou para um homem mirrado de tanta falta de corpo que, mais constipação lhe desse, morte certa lhe viria. pobre desgraçado, só de se amedrontar por escolha para serviço alternativo, já varas lhe tremiam as pernas, mijado e cagado de medo mais do que nós. e o bartolomeu judas nos olhou mau e se lamentou, que ninguém mais se cague diante mim, que ao primeiro lhe selo o cu a paus e pedras. e eu perguntei, desviando os olhos para o chão, a este nos destinas a sorte, com grito que ouça falece de susto como menina doce. se dispenso um homem para maleita, dispenso o que menos preciso, outra escolha seria burrice, ele disse. quanto nos desconfias, bartolomeu, pagarás por tua injustiça a humilhação perante deus quando a tua honra ao juízo chegar. e verás como ainda faremos glória neste castelo com dádiva dos saberes do meu irmão.

e com o dagoberto nos apertámos de espaço e conhecimento. chegado a medo e depois revisto de tremuras para se acalmar, entre mim e o aldegundes, como mandou bartolomeu, para pegar todas as porcarias que nos saíssem de corpo para corpo de outro. e falou, entre nós chocalhando e barafustando para dentro e fora, disse, toda a vida mirrei de tudo que me deu. primeiro porque cresci pouco de igual aos meus familiares, e depois porque me deu febre para reduzir cabeça, e queda que dei assustou-me estômago de pancada e pouco fiquei de comer, mirrei de larguras, e depois as costas curvaram-se de fraqueza, mais mirrei ainda, um dia mirro até dentro de mim próprio e não sou visto nem sentido. és desgraçado de tanto que nem pareces filho de deus, disse-lho eu. nem sou, estou certo, que coisa essa é para gente a partir de mim, eu estou no lugar abaixo e não acredito em filiação sem herança. ai que paras no inferno não tarda nada, reclamei, e mais uma vez nos temos enganados pela sorte, constantemente a enviar-nos gente herege para nosso convívio tão selectivo. estás doido, continuei, onde te preocupaste com pensar assim, é sabido que a condenação de alma de um não deve aproveitar ou desaproveitar a outro. ficarás duas noites sem maleita que seja, não nos escangalhes planos nem apetites, precisamos que sejas saudável por duas noites, depois podes ter tendências para a morte quanto te aprouver. espalmei-lhe a mão na cara. encolheu-se mais ainda. foi só um toque, como um gesto entre homens, mas ele arrepiou-se de medo grande. mais forte lhe tivesse acertado, podia ser que se partisse. não lhe voltei a tocar. era, entendi, uma forma de começar, logo ali, a ser amigo dele.

o dagoberto não era casado nem prometido. estava velho de muitos natais, eu achava que nem usado de sexo propriamente, talvez bichos ou outros objectos lhe chegassem ao orgasmo, nada mais. e sofria com isso. bastava que mulheres fossem e já lhe pareciam imagens de sonho, muito vindas do que não existia verdadeiramente. e entendia sempre que não o viam nem o procurariam para palavra e menos ainda para amizade. pobre dagoberto, dizia-lhe, com falta de trejeitos de gente ainda viras gado, e ele sorriu, nada que me magoe ouvir, vi animais muito dignos e belos, mais criados por deus do que eu. e eu senti-me e disse-lhe, a nós conhecem-nos pelos sargas, sabes, assim de nome fácil, mas somos serapião, e a sarga é a vaca do meu pai. são apelidos que ficam, compreendo bem. dos meus pais ainda fiquei a ser enterra, éramos os enterras, tão novo já mo chamavam, dos enterras, porque meu avô enterrava os mortos que lhe davam para a igreja.

mas não contes a ninguém da vaca, pedi-lhe, que tão longe estamos nos parece que, por primeira vez, podemos ser gente sem ser gado. e ele abanou a cabeça que sim, e mais se aproximou e desmedou. era muito próximo de nós por dentro. por dentro, dizia, até posso ser alto como vocês os dois, porque me dá a alma certas coisas de sentir que têm empatia com as vossas. assim seguimos falando até tombar de tanta coisa dita e sono alto na escuridão. sossegámos e entrámos na dificuldade da posição.

noite toda nos distraíamos e nos desleixávamos da mão mergulhada. e senti, tantas vezes, a vigília do dagoberto a repor-nos a sobrevivência a salvo. era assim tão amigo, impressionado com sinceridade que trocámos, apaixonado por simpatia que lhe tivéssemos e nos cuidou como irmãos, preocupado com garantir que os três sairíamos saudáveis, ainda mais, dessas duas noites de descanso para impressionar el-rei. e manhã cedo quando acordámos lho disse de ter notado, obrigado por tua vigília. e o aldegundes concordou e repetiu e acrescentou, serás pedido por mim a el-rei para ajudante principal de minha arte, muitos homens serão necessários para coisas várias, mas apenas um ou dois serão essenciais, e serei imperioso na escolha, alegarei coisas de intuição para que arte melhor se faça e serás nosso amigo. serás nosso amigo para honra de nossos nomes, serapião e sargas. e ele sorriu.

mais um dia ficámos em solidão com o dagoberto e mais noite seguinte passada lá estávamos em sala boa do castelo, manhã alta, e o dagoberto já era um anjo numa tábua que o aldegundes sensibilizou de tanta beleza. tábua sensível de beleza, dizia el-rei, como se um objecto se pudesse apaixonar pelo seu próprio aspecto, é como estou certo de que esta tábua está doida de amores por si mesma, e nunca quererá, em toda a eternidade, aparentar outro aspecto que não este, dizia em alto som para que todos ouvissem seu agrado. e todos anuímos e o mirrado dagoberto chorou e disse, sou eu, majestade, minha face assim feita por cima de todos os defeitos e parecida com imaginação para anjo. e antes que el-rei o pusesse calado de exigências altivas ou cruéis, interrompi-o e acrescentei, há faces de homens que trazem almas de anjo ao de cima por entre aspectos do diabo. são as faces mais sofridas, mas que não perdem olhar dado por deus, coisa que espelha a alma. o aldegundes afastou-se um pouco, cântaro seguro, e sorriu, gosto muito, se vossa majestade permitir faço semelhante em tábua igual para ladear seu leito com tão preciosos guardiães. e el-rei resplandeceu, abriu os olhos para trás de quanto desse e referiu que sim, que no leito coisa daquela arte seria adequada de novidade e esperteza. e assim ficou o meu irmão aldegundes a tratar de nova imagem, sobrepondo ao rosto do dagoberto coisas mais que o disfarçassem de outro anjo qualquer. todo o tempo assim foi, até que eu acalmei meu entusiasmo e cocei a cabeça de lonjura tão grande da minha ermesinda.

a coçar ali fiquei, sem ordem para voltar e mais e mais me preocupava que a água dos cântaros evaporasse antes que o inverno entrasse. sem tempo para passar o tempo do sol, não teríamos condição nenhuma de vida se não chovesse por piedade divina. e cocei. se ao menos me fosse dada ordem de regresso, mais perto estaria da minha ermesinda e muito mais da felicidade. da felicidade última do amor.

dezanove

as mulheres só são belas porque têm parecenças com os homens, como os homens são a imagem de deus. não é heresia, pensa bem, se parecessem mais com cabras do que com homens nem natureza para nós teriam. precisam de nos parecer sem alcançar igualdade, que para isso estamos cá nós. e depois, beleza assim até aumentada, o que lhes tirou deus em préstimo de espírito deu-lhes em curvas e cor, servem perfeitamente para nos multiplicar e muito agradar. mas isso da inteligência é como te disse, cuidado com o que sabem porque acham mais do que sabem. pois a mim bastar-me-ia mulher burra, até calada, pouco fazedora ou aviada, que servisse só para noites de companhia e algum conforto de olhares quando queremos tanto ter cúmplices delicadas em nossas felicidades e tristezas, respondeu o dagoberto. falas de amores, compreendo o que dizes, deu-nos a natureza esta coisa do coração, uma espécie de tontaria que gostamos de ter. e é como estou, assim estou pela minha ermesinda. é bela. a mais bela que há. já lhe fizeste filhos, ele perguntou. só de tentar, mas há pouco nos casámos, não há pressa de a prenhar. quando estiver cheia, logo notas. será quando deus quiser. para isso ele que conte, a mim dá-me só pressa do prazer.

calámo-nos longamente, era notório que o dagoberto estava ignorante de mulheres e, cada palavra que eu dizia, poderia ser-lhe uma distância ainda mais real do seu desejo, medindo lonjura que tivesse de o concretizar. e o aldegundes murmurou em segredo comigo, estivesse connosco em terra de dom afonso e punha-se aviado na teresa diaba, incrível é que não dêem doidas varridas nesta terra de rei. sim, incrível era que gente estropiada na terra de el-rei fosse só corpo escangalhado, de cabeça ninguém nos parecia assim. talvez pusessem a ferros com urgência quem perturbasse um sossego que fosse. era uma limpeza imediata, como se ainda se queimassem as pessoas que não diziam coisa de coisa.

noite dentro acalmámos tudo, primeira noite em que, sem pegar mal algum ao dagoberto, dormiríamos em posições de vontade própria, e o dagoberto já só se mantinha connosco porque o aldegundes o garantiu como ajudante para cada efeito. o bartolomeu ganiu qualquer despeito, mas foi assim, cada pedido de necessidade artística que se impusesse era ao dagoberto que se fazia, e logo ele negociava com o outro, como tratador dos assuntos do aldegundes e nosso. assim ficou. fechei os olhos e chorei, a minha ermesinda, puta de tanta vocação, estaria revirada na cama de impaciência, esperando o sol repor-se para correr a oferecer-se a dom afonso. e el-rei como era cruel, mantendo-me ali em inutilidade para meu mal grande e sofrimento. rezei, deus meu, leva-me daqui para casa, que braços da minha mulher se abraçam de homem que não sou eu. e contei-lhe a verdade, a minha mulher não me ama e amo-a eu como um desesperado.

desesperava pelo amor, confirmei tudo, manhã depois, acordados de sobriedade, conversámos a caminho do palácio, o aldegundes ensonado e triste pela falta de liberdade. não te deixes nessa tristeza, dentro de pouco tempo estaremos soltos de tanta pintura, tão rápido fazes aparecer as imagens quanto nos mandarão embora, confia. e continuei, se dom afonso me come a mulher, não me serve, arrancarei do peito o coração se for preciso. e nem pai de filhos com ar dele serei, farei como o meu, rebento-os no chão puxados ainda do ventre com uma mão que os encontre onde se esconderem dentro dela.

cântaros na mão, entrámos e lamentámo-nos novamente e el-rei disse novidades, tenho bruxa ainda maior que curará de remendo que vos fizeram. e remendados com cântaros nos víamos dependentes, era verdade, mas o que poderia ser feito para apagar o fogo que aquela água escondia. e nosso espanto foi, sala dentro de el--rei imponente, vista à luz do dia com tapume de túnica a toldar-lhe toda a pele, estava ela, a mulher queimada, gertrudes, autora da nossa pena, e por mão de majestade ali se chegou a nós vitoriosa e quase sorridente.

e eu recuei e amedrontei o aldegundes que recuou e percebeu e nada dissemos. disse ela, mal vos fizeram para grande obra de vos matar, cântaro assim suga-vos alma para os confins do mar. que dizes, mulher, perguntei. que verteis alma como tontos para o fundo do mar, onde se amarfanham todos os espíritos em memória de dilúvio. ao tempo da água voltais, para morrerdes iguais ao primeiro fim do mundo.

el-rei torceu os ares e questionou, que dizeis gertrudes, sois bruxa de grande feito, vi-vos ontem e não duvido mas, em segredo que vos peço, destrinçai-me regras dessa história que nada compreendo do que dizeis. e ela disse, majestade, se encostardes mão ao ouvido, que ouvis. o mar, respondeu. o mar dentro da cabeça, é o que dá o som do espírito, o som da alma. e que significais com isso, perguntei. que o mar tem poderes de incorporar a alma se mesclado com ela se faz. e alma que se perca nele não sobe ao céu, que o céu aberto no mar se espelha, e só em terra come. que é isso, perguntou el-rei. o que vos digo, respondeu, no mar come o inferno, que ali vai pensando pastar no paraíso se em verdade tem o aspecto do céu, e este na terra pasta.

sério isso, perguntou mais el-rei. muito sério, respondeu. que no paraíso não se encontram almas de pescadores ou coisas sem ar. encostai ouvido à boca desse barro e escutai a que vos soa, disse ela. ao mar, gritei. ao fundo do mar, onde tereis fim se acaso não vos soltardes de tamanha armadilha. rápido retirámos mão de dentro dos cântaros e hesitámos. poderia ser que nos enganasse simplesmente, tentada a levar a cabo sua queima de nós os dois. exigi nossos cântaros cheios, seguros com as duas mãos sem se arredarem de nós. e solicitei em brados, já fortemente aqueço, fazei feitiço que sinta, dizei o que nos cure. e ela nada fez. insisti e el-rei aqueceu de proximidade connosco e afligiu-se. dizei o que nos cure antes que fiquemos todos cozidos. e ela juntou as mãos numa algibeira e retirou-as com pedras pequenas e jogou-as ao chão e mais retirou terra e jogou-a ao chão e levantou os braços e baixou como se pesassem muito e disse, que cada pedra seja falésia poderosa contra o mar e vos retire de sob as águas se em verdade vos encontrais fora delas. depois, voltou a recolher as mãos à algibeira e a fazê-las surgir com punhado maior de terra que novamente jogou ao chão e disse, segurai-vos na terra fértil, onde o fogo não germina senão em forma de vida, e juntai-vos, sereis todos os três um só.

e esfriámos tudo ao normal e eu assustei, que juntos os três éramos quem, baltazar e aldegundes serapião mais dagoberto, e gritei mais, acudam-nos de tudo, estamos de alma vendida ao diabo, porque era certo, fogo que germina na terra só pode ser coisa do diabo, que a vida que deus dá germina como sopro de vento e vem do céu. e foi como se soube, gritos e mais gritos e, posta a ferros, a mulher queimada não fugiu e também não fez mais nada, riu-se como quem alcança um objectivo. el-rei nos esconjurou e negou ter levado ao palácio bruxa alguma a seu mando. e estávamos frescos de feitiço mas quentes de cabeça, era sem dúvida o que nos fez, caminho até ali nos enganara, e entre o fogo do inferno e as águas do mar fez-nos andar até nos restituir à terra com vício de morrer sem salvação e colados ao dagoberto, que deitou mãos para trás e abriu os olhos desfeito de medo. havíamos percorrido as coisas naturais e mais que houvesse acabara. estávamos perdidos do fogo, da água, da terra, só o ar nos faltava, o sopro de deus com certeza absoluta.

vinte

partimos imediato el-rei nos expulsou. desgraça tão grande, nosso pai, e nada nos consolava. nem que a mulher queimada nos desdenhasse presa em ferros, onde el-rei a deixaria perecer para juízo depois de morta. nem que o dagoberto nos acompanhasse como irmão, dizia dele el-rei, levai-o, infestado por noites de vossa companhia, mais certo é dar copa de árvore vermelha a partir da sua cabeça. e partimos imediato nos amaldiçoou mais ainda e nos quis tão longe, como mortos abaixo da terra enfiados e esquecidos.

recolhemos os três cus, perto um de cada a dirigir a carroça sem ânimo. e cedo entendemos que separados mataríamos tudo em nossa volta de condenação. arrepiámo-nos estranhamente à vista da igreja, e eu avisei de reiteração, somos pertença do diabo, espumaremos se entrarmos em espaço sagrado, e parámos a chorar. tão dura era a venda quanto a sua consciência, estávamos raivosos como cães. e um cão desfaleceu de se distrair estupidamente à roda da carroça, e pássaros caíam assim desvoados como burros a esquecerem-se de bater as asas, e formiga que fosse viraria pernas para o ar e dava-se por rendida. era o que fazíamos a tudo quanto viesse em redor, se nos separássemos um pouco que fosse de cada outro. e o dagoberto apontou, de verdadeiro o que acontece é que seremos os três como um, a mexer em cada coisa sem distância dos outros, diferente disso o que houver por perto vira pernas para o ar ou cara para cu esturricando de calor.

chegámos à primeira bifurcação de caminho em regresso e espantámos alma de desalento. por onde seguiríamos, se à volta nem nos lembrávamos de onde tínhamos vindo. ali esperámos um tempo, mais tempo esperaríamos até que alguém viesse. e tudo naquele lugar se escureceu de vida. cada erva e cada árvore, tudo se verteu de água e foi secando como madeira boa para queimar. e o chão, que era verde, em algum tempo acastanhou e assim se fez uma grande roda a partir de nós ao centro. uma roda que, mais tempo ali ficássemos, maior se tornaria. e um homem veio e perguntou, que estais aqui a fazer parados neste círculo queimado. e nós dissemos, não sabemos se nos convém caminho à esquerda ou caminho à direita. e ele disse, e como terá queimado esta terra que ainda há pouco passei aqui e tão verde estava. e nós encolhemos os ombros e distraímo-lo, não fosse perceber o círculo crescendo. apontou o dedo, doeu-lhe a cabeça quase tombando de tontura no chão, deixou-nos partir. seguimos fugindo em silêncio, encostados uns aos outros para impedir o pobre homem de morrer.

se continuámos, foi por sentimento de tristeza que nos dava necessidade de pôr pé em casa a sarar ao menos os olhos de nossas pessoas e paisagem. não havia maior ensejo, nem uma esperança, ainda fosse vaga, da possibilidade de voltarmos a ser proprietários dos confins do nosso ser. e por isso andámos carroça em frente, que medo maior e desânimo vinha de sabermos que, a cada momento, o inferno poderia abrir seu caminho e nada nos restar senão morrer. e assim o dagoberto nos seguiu, condenado da mesma tristeza, colocando a mão no trote do cavalo a ver se alguém se incumbia melhor do andamento. e eu e o aldegundes parecíamos deixá-lo tomar conta do resto das nossas vidas, sem conselho nem arrogância de espécie alguma.

caiu noite, ainda os cântaros seguros à cautela, dormimos na escuridão sem mais demoras, desenganados de arranjar melhores esconderijos ou maiores distâncias. pusemos cabeças no chão e fechámos os olhos para um sono pouco e triste. o aldegundes, vez em quando, abria os olhos e perguntava, o que vai ser de nós. e eu dizia, nada. o dagoberto apercebia-se e dizia, alguma coisa se há-de arranjar. olhávamos os três para as estrelas e íamos percebendo a terra secando, perdendo a frescura dos grãos, virando torrões ásperos esfarelando-se em pó a cada ligeiro movimento.

manhã seguinte partimos e nada novo se deu. dia inteiro reavemos caminho que havíamos gasto à ida. certinhos de nem querer esperar o tempo de um suspiro, rodámos carroça ininterrupta ansiando, como por vida, proximidades de nosso pai e ermesinda. o aldegundes falava na sarga, e eu anuía, e a sarga, pobre coitada, sozinha para várias noites, despalavrada de ninguém, ainda se morre de estupidez por ignorância de saber que viajámos ao invés de morrer.

só chegámos noites depois. emagrecidos, sem moedas de nada para pagamento de pão que quiséssemos, sem verticalidade que nos desse alento para tempo algum em recados e comentários. chegámos quietos de anúncio, sem querer coisa com as gentes da terra. se mais discretos pudéssemos ser, mais seríamos. e avistámos nossa casa e para ela fomos como sorrateiramente chegando a um lugar que não era nosso. e não trazíamos nada, só falecimento de sentidos nas palhas da cama e sono.

e a minha ermesinda foi atenta de amores comigo, olho escondido, a ver-me com o que podia, mais as mãos sobre o meu peito. sosseguei-a de fúrias. deixei-me consigo como se nada me revoltasse nas suas opções. recomendei o sono do dagoberto e do aldegundes e assim me encolhi no colo da minha ermesinda por uns instantes tão breves. beijando-lhe a boca muito ao de leve, como quem bebe pequenos goles para matar a sede devagar.

depois, mandei-a para a cama do outro lado da casa. ali ficaria a salvo de nós três juntos, portadores de maleita tão perigosa como nunca vista. e ela foi. apaziguada, saiu e deixou-me entregue a um choro miúdo e nada masculino. e o dagoberto disse-me, que vai ser de ti. e eu respondi, nada.

disse-lho manhã logo a vi, à minha ermesinda que me foi acordar com um beijo, a alma perdi-a e o coração também, dia destes ponho lâmina no peito e apresso os segredos da morte. chorou e emudeceu ainda. súbito o aldegundes se afastou para fora de nós e gritou. levantámo-nos, eu e o dagoberto, deixando para trás o lugar escurecendo onde dormíramos. saímos e era o meu pai cedo posto de joelhos, constituído carne e infeliz. e eu disse-lhe, tão tarde chegámos, ontem nem o vimos, mas folgo saber que aqui está, meu pai, para abençoar as nossas vidas com sua sabedoria e direcção. e ele toldou sentidos, franziu-se de tanto que nada me pareceu bem, o aldegundes e o dagoberto colando-se a mim a falarem-se de mudez sem que eu tivesse conhecimento do conteúdo. e eu perguntei, que passais os dois, que forma de conversa é essa durante nossa tristeza tão profunda. o aldegundes abriu boca e confirmou notícia má, sem se saber o sucedido, a sarga estava fugida, estavam as madeiras dos seus tapumes no chão desfeitas, mas nem barulho nem nada se ouvira, noite toda parecia dormir em sossego. olhámos e verificámos. desmembrámos corpo todo de tristeza, mal ditos de aventura que fizéramos, malditos voltados. e foi quando dissemos por confissão, de praga voltamos, nosso pai, pior do que fomos, abdicados de alma por bruxa traidora. estamos endereçados ao inferno, coisa que nos mate sabe que é para lá que nos levará, e sem esperança nos deve esquecer.

levámo-lo a ver nosso lugar de dormir e viu que a toda a volta nosso quarto e nossas coisas estavam secas. madeiras escureciam como se queimadas pelo chamuscado de uma fogueira. em redor se desenhava novo círculo e nós, centro dele, éramos como alvo se vistos do céu. e assim acontece lentamente, meu pai, que, se um de nós se apartar, mais rápido tudo se deita a morrer sem mais amor à vida. que dizes com isso, filho, perguntou meu pai. que estamos assim colados os três, um de nós que falte todos nós e em volta começamos a acabar. e para isso não ser, apertámo-nos os condenados e demos passos aos outros, pondo-os a salvo outra vez.

o trabalho inteiro parámos mais que soubemos, para ter por partes novidades a contar e o coração a bater. nada podíamos, concordava meu pai, e com filhos no inferno morreria ele tão destroçado, mais afazeres lhe dávamos, se em dura vida nos criara, suportado de sacrifícios e maleitas, só haveria de querer morrer quando em vida nos perdia para a eternidade. não posso morrer assim, não sem antes recuperar coisa que a deus vos encomendei, disse. encostou-se ao que restava do coberto da sarga e ali se calou impotente. e eu confirmei para mim mesmo o quanto lhe seria impossível salvar-nos. estava ali como desistido de tudo. nada do que soubesse poderia conter informação útil para segredo tão grande que nos abdicara de alma. o nosso pobre pai, tão sensato e ajuizado, depois de tantas aflições e mudanças, não se reconhecia a um palmo de distância. ajeitou-se ali nas tábuas partidas e não via mais nada. nem esperava, sabia eu, o nosso inteligente pai, sem a nossa mãe e sem a sarga, fora enganado para sempre pela voz das mulheres, e nem queria mais nada. juntei-me ao seu silêncio de longe. vi a minha ermesinda.

e a minha ermesinda acendeu a custo a sua mesma rotina com o sol dessa manhã, ajeitou-se de modos e, afectada de dores, partiu para a casa de dom afonso. eu confessei, vai ter-se dele. o aldegundes olhou vivo de cores e acreditou. o dagoberto apiedou-se de mim e compreendeu o que lhe dizia eu de ter uma mulher que não se inibe nem aprende quais coisas mais certas tem o casamento. pobre ermesinda, pensei cínico e furioso, talvez fosse a última vez que visitasse seu amante, arrancada de um olho, parecia-lhe tudo definitivamente descomposto e feio e mais torta ficaria na volta, como esfregava já eu as mãos. quando partiu, olhou-me e pediu perdão, nada sabia como me fazer crer na sua pureza, e não podia desfeitar dom afonso com paragem de ir vê-lo. eu queria ter-me por burro, a pensá-la em conversas castas, quando na verdade se teria com ele em cansaços proibidos, como feitos um para o outro. mas avisei novamente, atenta nas coisas todas agora em dobro, morte de inferno tão perto de mim, cada qual que esteja comigo poderá tombar de pouca dura em agonia. atenta bem nos teus actos, fúria que me dê novamente, nem endireita nem curandeiro te vêm destorcer ou tapar buraco. nem manjerona suficiente haveria em todas as terras para untar tanta ferida aberta que te fizesse. ouves, ermesinda, ouves o que te digo, pecadora. acenou que sim e foi.

amansei-me com o teodolindo. por boca a boca me distraiu da ermesinda e me fez sentir que perder a alma para o inferno era coisa de maior monta. não concordei imediato nem total, seguimos com ele, no entanto, para a missa e não entrámos. rondaremos a igreja sem parar, se ficarmos muito tempo num só lugar tudo secará e em pouco estamos de tronco na praça, explicámos. e assim mesmo fomos falando e andando com o meu velho amigo teodolindo. afastando-nos dele e atrasando o passo, só chegando mais perto quando nos dizia, mais em segredo, o nome de dom afonso ou de dona catarina. da missa não escutámos nada, alterados com barulhos de fundo e com os maus cheiros. gente mercando por impiedade no interior do templo, entrando e saindo com galinhas que se não calavam, e quantas vozes se levantavam por nos verem. diziam, os sargas estão vendidos ao diabo. já mirram de brancuras, palidez lhes dá como o sangue se esvai para encarnar o diabo, a encher a boca para morte de sedes que o cornudo tenha. o dagoberto torcia-se de terror. achava que a vida já não podia ser pior.

vinte e um

entreolhei o aldegundes, metido atrás de mim ali à porta da igreja. o teodolindo e o dagoberto espanaram braços no ar e afastaram alguns que nos mal olhavam de perto. mal olhados vimo-nos mais largos, deitámos corrida e jurámos servidão a deus até ao fim, a ver se em desespero nos atendia. mesmo que partíssemos para casa alheia, casa do diabo, ao morrermos, louvaríamos seus mandamentos, jurei. não estrebuchámos coisa alguma, fomos por pé próprio embora, povo atrás olhando e gritando. são animais. àquela, de tão bela, haviam de a estropiar até parecer gado sem raça precisa. meio cabra, meio cadela ou monstro até. também era o que diziam da minha ermesinda. fomos esperá-la à porta de dom afonso, escondidos em arbustos e tufos de ervas grandes, pus-lhe braço em cima para lhe mostrar que era minha. levei-a para casa como a guardar uma preciosidade e ela brilhou por dentro.

em muito pouco tempo dom afonso sabia de nosso regresso e queria notícia de cumprimento completo dos anseios de sua majestade. mandou-nos buscar em curral que nos escondêssemos e, por muito mando, nos pôs imediato na casa grande. sentámo-nos e ele veio. nem compensa nem glória trouxemos de el-rei para terra de dom afonso de castro, confirmei cabisbaixo. verdade, servidos ao diabo nos escorraçaram a medo e urgência. que pareceis agora de nos fazer, continuaremos a servir-vos como sempre, perguntei. não continuareis de pé a cuidar do gado, se alguma coisa vos pode pertencer que ao gado prejudique. tereis de partir, afirmou dom afonso sonoro e definitivo. estávamos sob cadeiras queimadas, cada pedaço escuro e seco em demasia, ajeitando o caminho para a morte, e dom afonso já se acometia de tonturas e gastos acelerados e reparou que, mais e mais, o canto da sala entenebrecia e tardava pouco teria figura de lugar do inferno e mais nada. abriu os olhos e as mãos na cabeça e não pôde ainda gritar porque gritando entrou a ricardina dizendo, que vaca velha e tonta está perto da casa a pastar parecida a cão. e a brunilde entrou também correndo e, mãos no coração, provava o que julgávamos. que faz, perguntei. focinha nas portas à procura de comida, acham as gentes. verdade, perguntou dom afonso. verdade, a sarga está localizada para a buscarmos de nossa propriedade, garantiu a brunilde.

assim deixámos dom afonso a desentender fins de conversa e perigo de prazeres com a ermesinda, e eu até acreditei que o medo de se nos assemelhar lhe tiraria o tino da minha mulher, quem sabe lamentando-se por fim de separação tão inevitável e afastando-se do corpo dela, tão desarrumado e perigoso estava o corpo de ermesinda. e dom afonso poderia estar regressado à brunilde, à ricardina, às outras todas e até à dona catarina que, pelos ares que tinha, nem mostrava tanto que para cada sete sóis haveria de se servir de marido uma vez. muito trabalho de partes da natureza seria para homem tão velho e destratado. e dona catarina insistia, puxões de orelhas a todas se, cada uma puta, na cara nem vergonha de confissão tiver dignidade de fazer, fareis estalos de minha mão que vos reponha recordação na cabeça e, sempre que se cocem com ele, vão já prever mão pesada que vos irá marcar. e todas elas, a minha irmã brunilde também, ajeitavam faces de encarnado e humilhação e sentiam-se menos putas por olhar para as outras. quando alcançámos a sarga, era por isso que dona catarina dizia, tu nem penses, antes que me contes a verdade nem à vaca velha tens direito. ou me passas a informação que quero, ou vaca velha e burra será para se comer às postas amanhã tarda nada. ponho-a de reviro no lume que ta sirvo goela abaixo de prazer, e se for verdadeiramente a tua mãe, melhor ainda, tu vieste de dentro dela e ela vai para dentro de ti. ai dona catarina, amor de deus, que impropérios me diz, tão injusta é. a devoção que lhe tenho é impedimento de falsidade alguma que me servisse de lha usar. adoro-vos senhora, nada deveis temer de mim, vossa humilde escrava, jurou a brunilde. levanta-te, que assim de postura no chão, cabeça para baixo, fica-te o cu igual ao da vaca. dona catarina, por deus e alminhas generosas, esta vaca é da minha família com carinho, está meu pai desesperado de tristeza por perder animal tão doméstico, não nos falte vossa excelência com a bondade de a reaver. sim, brunilde, já sei desses amores que a vaca vos dá, mas nada que me esquente coração para te perdoar silêncio de boca traiçoeira, ou me dizes quem se alimenta de meu marido ou ficas sem uso da vaca para sempre. senhora, em sinceridade vos digo, ainda que mulher tenha lugar nas euforias de vosso marido, só de longe pode ser, muito guardada em cuidados e segredo, que aqui por perto ninguém lhe botou olho e menos mão, assim vo-lo juro, senhora adorada, assim vo-lo juro. a ver se te entendo, dizes que meu marido, nada arredado de casa, que o tenho sempre por perto, se vê de mulher que manda de longe para serviços adúlteros. sim, senhora. e como queres que se encontrem, se nada de sair de casa o tem demorado tempo suficiente para uma infidelidade. não vos posso confirmar senhora, só que suspeito assim de mulher desconhecida, se alguma rameira de perto rondasse casa de vossa senhoria, todas nós atentas o saberíamos, e nada se passa disso, juro-vos. se vosso dom afonso vos falta a prazeres que adia ou abdica, por substituição de mulher conhecida não há-de ser, e cara desconhecida não entra em vossa casa faz muito. rua com a vaca daqui, rua tu e toda esta confusão, ainda acertou na cara do aldegundes e assim foi como ele se atirou para trás, calcando-me pés todos e tive de o segurar. apressámos passo embora enquanto ainda vociferava, vais lá fora e enxotas esse povo estúpido e inútil. leva a merda da vaca para onde o teu pai a prenda e a salve de nova aventura que, se lhe dá um fanico de andança outra vez, a racho em bife para deixar de me incomodar. rua, brunilde, rua daqui, rapariga, e ai de ti se te apanho mentira, ai de ti que mais rápido te ponho a bifes que a estúpida da vaca, a ti e a esses teus irmãos porcos de tudo, tira-os daqui, tira-os daqui, brunilde.

quando voltámos a casa com a sarga, era cara da minha ermesinda a ver-nos que me dizia do acabamento que estava no seu coração. estás apaixonada por ele, ermesinda. não, baltazar, só te amo a ti, disse rápida, sem espera. e porque sofres tanto, perguntei. porque me deixou de conversas dom afonso, para que me mantenhas o corpo. mais que me estragues nem viver poderei, e assim tão medonha me tenho que nem reconheço minha antiga vantagem. a minha ermesinda já tinha pé torto virado para dentro, braço que não baixava com mão apontada para céu, outro braço flácido e sem mão a partir de pulso, mais olho esquerdo nenhum, só direito. era como estava, mas nada verdade que vantagem sua se apagasse, estava de curvas mantida, pele macia, o cabelo longo e claro, lábios cheios. por cada noite em diante, de saudade dela, cada instante que fosse me lembrava do seu corpo tal como estava, e só bela me parecia. por isso, entrámos em casa, chorámos os quatro e dormimos apartados sem mais eu tocar corpo dela. a sarga estava amarrada pelo aldegundes, que se levantava em corrida e seguia deitando-lhe mão noite inteira, e eu também ligeiro no sono, impressionado com o bafo da vaca, falta me fez, pensava, que falta me fez o bafo da nossa sarga, aquecendo o silêncio da noite com suas pequenas presenças.

e dom afonso voltou a deixar mando para que fôssemos a ele, a discutir venda de alma ao diabo. muito queria saber se maleita nossa poderia afectar prosperidade das suas terras e gentes, mas era pretexto. assim entrámos, e pouco importados com nossos ares pálidos, sangue vertido à sede do diabo, só lhe importava desmembramento da minha mulher, da minha mulher, como reiterei, a que me competia educar de valores familiares para mãe de filhos que já não haveríamos de ter. olha, rapaz, dizia, estou sem saber se te armo arapuca onde te meta corpo todo para desapareceres vez por todas da minha frente, a ti e a estes dois montes de burrice que trazes agarrados. eu garanti meu amor pela ermesinda e confirmei, viverei mais ocupado com salvar minha alma, dom afonso, não se vá a ermesinda ter no paraíso desprotegida do meu amor comigo a arder no inferno sem merecimento, por traição de bruxa tão má. e terás tu amor real pela rapariga. sim, dom afonso, sim, e peço-lhe, largue-ma de mão, largue a minha ermesinda de mão que eu juro não lhe arrancar mais nem cabelo ou grito.

vinte e dois

ficámos sem trabalhos, a decidir a vida, afastando-nos da grande casa, e aperfeiçoámos o modo de viver a três, três homens juntos sem separação possível. que tudo havia de ser pensado para melhorar cumprimento da nossa pena, a começar por nos suportarmos quando alívios de frente ou trás eram precisos. era verdade que podíamos ficar separados um pouco, breve tempo que servia para um alívio com rapidez. mas mais grave estávamos de satisfações complexas. a minha ermesinda sem meus tratos, e o aldegundes vendo a teresa diaba, e o dagoberto sem liberdade para os seus bichos ou objectos, todos os três estávamos demasiado aflitos para seguir sem proveito algum. por isso nos acudimos de menor vergonha e estabelecemos compromissos. de regra primeira teríamos o segredo profundo, de regra segunda, nenhuma contestação. a cada qual haveria de dar fanico que lhe aprouvesse sem que outro lho desprezasse ou, menos ainda, negasse. estávamos como livres mas juntos. e haveríamos de aceitar que estarmos juntos seria como estabelecer uma amizade falante com um braço ou uma perna, se de facto éramos todos colados um emaranhado de braços e pernas de um ser maior. e assim falávamos amigos e aligeirávamos nosso fardo com sorrisos muito ténues, mas sorrisos. e uma ideia logo surgiu sem esforço. que a teresa diaba haveria de servir ao dagoberto de descoberta finalmente do que era estar numa mulher. e já avistávamos a rapariga à espera de a apanhar em momento mais propício.

teria, ainda assim, de ser coisa rápida porque, para nossas consciências, não queríamos que se finasse a diaba de muito convívio connosco. mas o suficiente para que o dagoberto enfiasse a parte da natureza na dela e soubesse a que sabe. e nem lho tivemos de tirar. em tão breve tempo estava destituído de rigidez, tanta foi a fúria que lhe deu. e o aldegundes foi a seguir e eu, sem a minha ermesinda havia tanto tempo, fui a seguir ainda. já confuso no gosto de ter uma mulher perfumada por cheiro de tanto homem. e parámos todos muito rápido e a enxotámos. agora vai-te embora, porca, deixa-nos aqui a descansar. e ela foi, sem satisfação, espantada de parva, sem levar no corpo a satisfação que pretendia. e, mal pudemos, fomos andando, já seco se deixava aquele lugar. entrámos em casa. seca. em pouco tempo, disse o aldegundes, vai ruir sobre as nossas cabeças. e já as palhas eram pó varrido dali para fora, as madeiras partiam de carvão, o chão servia nem de areia, senão partículas finas como pigmentos de o aldegundes pintar. ali nos pusemos, calados, à espera de nada.

vimos bichos revirados de maleita, flores que perdiam pétalas, coisas simples que se complicavam contorcendo-se e murchando. somos uma coisa do mal, pensávamos, trazemos males aos seres mais frágeis e beleza que exista se arrepende em redor de nós. não tínhamos viabilidade para trabalho se os animais que estivessem de cerca terminavam força. por isso, urgia que nos ocorressem métodos de acabar com o feitiço, quem se desse por bruxa, publicamente ou em segredo, seria nosso objectivo com grande ansiedade, precisados de quebras de enganamento que nos desenganasse a vida. e foi como decidimos lutar por essa felicidade, tudo tão preparado para que, por fim, a ermesinda estivesse de guardo para mim em exclusivo, sossegada de assédios, e como disposta a qualquer alegria que eu lhe quisesse dar. deste-lhe grande mal, ninguém terá lembrança de excitação por vê-la passar, se recatada é, e nem posta em boca de povo, ninguém forçará prazer com ela, dizia-me o teodolindo, encarado dos meus olhos, sincero, a garantir-me por ele mesmo, baltazar, meu amigo, a vista que lhe ponha nada me dá ganas de a tomar. e eu retorqui, assim te conserves, meu amigo, sem entender a magnitude da sensualidade da minha mulher, criada para mim, trazida a mim pelos desígnios de deus. e o teodolindo afastou-se um pouco e teve de ir embora, não fosse tombar de vez por muita conversa connosco. mas foi com recado bem dado. que se movimentasse por todo o lado em boca a boca à procura de bruxa mais esperta. que fosse, como parte de nós, preocupado com o nosso bem a ver se nos arranjava devolução de alma vendida e separação uns dos outros para, uns e outros, sermos felizes ao modo discernido de cada qual. e ele foi assim a abanar afirmativamente a cabeça e esperançado. o que não faltam são bruxas, dizia. e o aldegundes sorriu e esperançou-nos mais ainda. e o dagoberto também. e eu também. e depois mudámos de lugar, que ali sob aquelas árvores, já as coisas padeciam e pareciam implorar que nos fôssemos. e tempo todo ficámos assim sentando três cus em lugares diferentes, por piedade das plantas e dos animais, mesmo muito pequenos, que ali, por azar, quisessem viver.

o nosso pai, o afonso sarga, calado e mirrando de corpo inteiro por coração, prostrava-se longe de nós e não fazia nada. ouvíamo-lo queixar-se longamente, por vezes junto à sarga, que a voz das mulheres tinha caído sobre nós. o aldegundes agarrava em pequenos troncos e limpava-os alisando-os. depois pintava-lhes coisas rápidas e deixava-os espalhados por todo o lado. eram como sinais inseguros do nosso passado. um conjunto de olhos e bocas e cães e gatos e peixes a nadar, e tanta coisa, e até ervas que, enfiado o tronco nas ervas, não se viam diferentes das verdadeiras e pareciam brincadeiras de enganar os olhos. e o nosso pai olhava para tudo e não melhorava de razão alguma. prostrava-se e era tudo o que significava a sua vida. e nem lhe pedíamos ajuda de mais nada. esperávamos ouvir do teodolindo coisa que ele ouvisse melhor para nós. e fazíamos segredo, controlando a ansiedade.

e por ansiedade tomei a minha ermesinda em pressas. o aldegundes e o dagoberto atrás de uma pedra, e eu e ela sobre, à fúria toda, a ver se lhe alcançava a alma por dentro da natureza toda e ela gemia de tantas dores e prazer que nos fizemos ouvir em muito espaço e continuámos sem detenção, incapazes de conter tanto desejo, e até o dagoberto se levantou uma vez e, vendo estúpido o que via e era tão normal, perguntou, que coisa passa, que coisa passa, repetindo à espera de resposta. e o aldegundes puxou-o para baixo e chamou-lhe burro e segurou-lhe nas orelhas para não ouvir. é assim mesmo, não passa nada, é da vontade de recuperar o tempo perdido. e o dagoberto perguntou, mais tempo esperei eu, mas não gritei assim. e o meu irmão disse, é um tempo de coração afastado, junto com o corpo, tem força de pôr homens e mulheres à semelhança das tempestades, mas significa primaveras por dentro, e nenhum inverno. ficaram os dois em surdinas de parvoíces trocadas até que eu libertasse a ermesinda e a pusesse de afastamento para nenhum outro risco ao nosso pé. e ela foi, estonteada e feliz, seguiu para casa e nós todos os três falámos da minha satisfação e de como me fora dada uma justiça ténue naquele dia de pena.

explicei ao dagoberto que o amor era uma maldade dos homens, assim como um plano esperto para fazer com que as mulheres se abeirassem deles e se mantivessem ali sem outra lógica senão ficar. o amor é uma maldade dos homens, porque junta as mulheres aos homens numa direcção que só a eles compete. mas não somos o mal por isso, que em correspondência para nos prejudicar está a voz das mulheres. a maldade dos homens é igual à voz das mulheres. por isso o nosso pai se mirra de lhe faltar um vício ao qual se habituou. como se estivesse habituado a um prejuízo e gostasse dele e quisesse padecer dele por toda a vida. assim eu também, meu amigo, assim eu também, a toda a hora, só me dá ganas de estar com a minha ermesinda e fazer vida toda ser o seu marido e mais nada.

voltámos a casa já escuro e, ninguém nos vendo, pusemos os corpos no chão esboroado e pensámos em adormecer. o nosso pai, ouvíamos, conversava com a ermesinda do lado de lá da casa. e ela dizia coisa que não entendíamos bem. que era assim, que nada se magoava de ser assim, e que haveria de o tempo nos trazer cura e separação. e o meu pai disse, nenhuma mulher pode servir de mais valentia que um homem ter juízo. melhor seria que partissem daqui e nos deixassem, esquecendo coisas de família e amor, para vivermos os de bem com o bem, os de mal com o mal, até que deus se preocupe e resolva o que está mal fadado. e a minha ermesinda replicou, e nada mais fará pelos seus filhos. não lhe ocupa a si que os seus filhos sofram. e ele respondeu, sim, mas de pensar em ajudá-los só ouço a minha mulher e não sei que me dá de saudade ou alma penada, parece-me certo deixá-los suportar o que lhes coube suportar.

sentimo-nos mais juntos e não comentámos o ouvido. talvez nada tivesse importância que nosso pai nos duvidasse em suas preferências. talvez nada fosse esperado que ele tivesse força para algo. morria de minha mãe, levava a sarga para longe de nós e voltava sem pio. seguia como se preparado para ser um homem só. um homem e uma vaca. não dava trabalhos de refeições à ermesinda nem lhe dava sequer tempo de se dedicar a pensar nisso. preparava ele próprio coisas estranhas e comia antes lhe desse mesmo a fome. e a ermesinda deixava-o estar à sua vontade e decisão. talvez fosse certo que o futuro próximo lhe trouxesse a solidão e, mais cedo aprendesse a fazer-se de homem e mulher, mais cedo aprenderia o ofício da viuvez para vingar ainda longamente na vida.

e a viuvez do nosso pai era a solidão que tínhamos de mãe e o aldegundes voltava a falar do que queria entender. se nossa mãe nos esperaria do lado abrigado do sol, se nos esperaria do lado exposto. a nossa casa escurecia toda ela e os céus pintados outrora já nada se viam. estávamos às escuras ali dentro e era tudo tão triste que nos impedíamos de muito olhar para não enfrentarmos a nossa fealdade. não acendíamos velas nem muito fogo. aquecíamos o corpo pela pertura mantida dos três e por trapos resistentes que íamos substituindo como pudéssemos. a minha ermesinda cosia e remendava coisas, arranjava tecidos grossos de mais difícil queimadura, e entregava-nos roupas e mais roupas que se perdiam de cores em manhã ou tarde que as usássemos e, mais três noites e três dias, estariam a ver-se para dentro, finas e despencadas de tantos fios se abrirem e romperem. éramos insuportáveis e tardava nada teríamos de andar nus. sem meio de obter mais tecido que nos vestisse. teríamos de andar nus ou, melhor dito, não poderíamos mais andar entre os lugares das outras pessoas. estaríamos destinados a desaparecer dali e de todos os lugares, para onde não existisse ninguém e, o mais certo, onde não existisse nada.

vinte e três

e o teodolindo veio e indicou bruxa escondida no casario para nos tirar olho escuro de cima. manifestámos alegria gritando e empurrando-nos para toda a parte e ficámos subitamente tão algaraviados da notícia que mais parecíamos curados. até que nos ardeu a pele e nos acorremos uns aos outros a refrescar o corpo cumprindo ainda o mal a que fôramos condenados. o nosso pai acompanhou-nos de igual profunda alegria.

escondia-se em casa velha e pequena, empobrecida de tantas fealdades por fora, como ninguém sequer se aproximaria para tomar de propriedade ou curiosidade lugar tão destruído e medonho. era uma mulher baixa e larga. alagada de formas, com seios sobre o colo quando se sentava, cabelos cobrindo ombros fora, mal apanhados atrás das orelhas. não era antipática ou assustadora, era como uma velha avó que fosse mais feia do que as outras, ar de cuidado pelos que ali corriam em auxílios que lhes inventasse. assim nos recebeu e sorriu. estais vendidos ao diabo que vossos ares se esvaziam de sangue, a seiva do seu alimento. como sabeis tão rápido entrámos, perguntei. como vos disse, de ares tão pálidos nada de outro feitiço vos assistiria. e que podeis contra tal coisa. à partida, nada. mas a ver vamos. deitai-vos sobre o chão, colocai peito de fora para que vos acerte no coração. a velha mulher, sorriso e disponibilidade, passou por sobre nós uma estaca escura que nos batia no nariz, nos joelhos, nos dedos dos pés. repassava nos joelhos, depois os ombros, aqui temos de insistir, dizia, são os nós do corpo, temos de saber se ainda estão atados, batia mais forte nos cotovelos, dizia, deus nos livre se estes ossos decidirem largar-se de feitio uns dos outros, que afeiçoados é que nos sustentam. o meu pai ocupava-se de suspeitar, nada convencido de que aquilo fizesse sentido. e nós amedrontávamos as almas, desiludidos com o que nos havia garantido de que nada poderia salvar-nos. ficámos quietos, rezando por dentro para que algo convocasse força de deus, piedosa de nossa grande vontade de recuperar uma existência sagrada. e a velha começou a mugir e a espantar-se e dizia, alguma coisa quer explicar-se, deus meu, que é isto que nos procura, e mugia e tossia e estava estúpida de espanto e algum medo, e tanto queria entender como parecia afastar-se um instante, parando, e voltava. e o meu pai perguntou que era aquilo, que voz era a que lhe punha trejeitos masculinos e animais no som. ela sem saber não respondia, continuava sobre nós com a estaca preta a bater em nosso peito e gritou, vou perfurar-lhes o peito e nada os vai matar, não têm coração, o coração deles é meu. e fugimos pé veloz dali para fora com a velha a fumegar e a peidar e toda era levantada pela casa a manifestar-se de demoníaca maneira, a puta, estava possessa de malignidade que lhe entrou. e nosso pai acalmou-nos a meio do caminho e pensou como entendendo melhor, morrereis sem alma, nada feito. amuámos em medo grande, trôpegos a voltar a casa, noite caída, a dizer à ermesinda que feitiço se mantinha. e ela sorriu de ternura, tinha coisas preparadas na mesa e afirmou, amanhã melhor sorte teremos, amanhã. muito me iluminou o seu rosto esperançado, sorriso que me ofereceu, já tão limpo de ter sido mulher de outro. comemos com pressa e, com alma ou sem alma, fui feliz uns instantes, pus-lhe mão no joelho e disse-lhe, és o amor da minha vida, a única mulher que eu amo. por dentro senti infinito orgulho de me ter com ela e, mesmo de muito tempo passar sem que corresse atrás de outra mulher, desde que casado, só tentação da teresa diaba me havia feito sucumbir, tanto me fizera sentir limpo também. e amanhã, pensei, procuremos nova bruxa, e meu pai não sorriu, apreendeu-se mas confirmou, amanhã.

um bruxo era coisa muito mais difícil de encontrar e, perante um, maior era a desconfiança. nós começámos por explicar detalhadamente, porque àquele nada lhe impressionava de sabedorias só por nos olhar. explicámos, e eu achei que, por sinceridade, talvez fosse essencial dizer-lhe de que mulher se serviu o diabo para nos alcançar, e ele abanou a cabeça, meteram-se com bicho ruim, para vos livrardes de mal que vos queira não espereis facilidades. e, mal nos disse coisa, assim nossos corpos se voaram em disparidade pelos tectos aos encontrões brutos, e a gritar suplicámos que nos parasse de voos impossíveis. o meu pai desesperou de esperar que filhos seus lhe caíssem ao chão, gritou junto a nós, pedido que o bruxo impávido ouvisse. mas nada parecia abalá-lo, como se nada estivesse a serviço do mal. era o que dizia o bruxo, pouco me impressiona que abuses deles assim, poderás fazê-los passear pelos ares, mas se os levantares demasiado verás como irão parar aos céus. e foi como caímos a essas suas palavras. caímos em dores no chão e estrebuchámos a gemer. acalmem vossas bocas, façam silêncio para que escute coisa que me queira dizer, negócio que proponha ou ultimato, tenho de escutar. e assim ficámos, suados e sujos de tantas porcarias que o corpo largou, a ver se algo ocorria que trocasse nossa condição por outra ou nos segurasse eternamente a maldição e mais nada. o bruxo sorriu e recomendou que nos levantássemos, nada mais, mulher que vos vendeu fê-lo sem retorno, está o cornudo convencido de compra feita. é como estais, os dois por definitivo entregues à desgraça. e agora ide, nada tenho que em verdade vos falte.

os três seguimos dali com nosso pai à distância e todo o fim da esperança.

não era difícil saber do que precisávamos. sopro de vida, ar, energia de deus, sim, mas só a mulher queimada nos poderia findar dúvida que houvesse de retorno ao seu acto. só a mulher queimada, de quem me havia apiedado, poderia explicar que condições firmara com o diabo, e em que condições falharia tal negócio para nos devolver ao momento prévio. e arrepiámos espinhas até ao fundo com ideia de a enfrentar. o meu irmão estava agarrado pelos olhos à sarga que se via por ali a pastar, comendo e dormindo deitada como lhe era característico em semelhança aos cães. lamentou, iremos para o inferno e a sarga não irá para lado algum. que as vacas não têm para onde ir após a morte, ou têm, perguntou.

entretanto, a dona catarina estava de mal com as pinturas do aldegundes, mandou juntá-las todas para vista pormenorizada, não fossem sinalar alteração, deturpação, pioramento que os piorasse a eles, dona catarina e dom afonso, os retratados. a brunilde viu as pinturas alinhadas e mesmas de sempre sem nada que as modificasse em cor e beleza, proporção e fundura de ilusão. estavam iguais, e dona catarina disse, a mim parece-me que o rapaz deve tanto estar vendido quanto eu. quero o rapaz aqui a ver-me nos olhos, que lhe arranco maleita pelas orelhas, ou isso é mentira e mo conta antes de sofrer a minha ira. a brunilde dispersou-lhe as ideias em muitas coisas que lhe sugeriu, mas não a conseguiu esquecer de vontade decidida, e por isso estava mandada a chamar o nosso aldegundes, que era chamar os três juntos como um, para se presentear à senhora que lhe definisse o que quisesse. pobre brunilde, mal sabida naquela altura do que lhe chegava por dentro do corpo, a pedir atenção para acabar com a sua vida. e ignorante foi a buscar-nos e levou-nos em pressas, urgente acudíssemos a existência de dona catarina e nos voltássemos a aninhar sem falta, porque a ela lhe dava fúria suficiente para nos abater em pouco tempo. e o aldegundes foi a pedir-lhe que o desculpasse por cair em desgraça e ela aumentou tamanho mais e mais e cresceu mesmo assustadoramente sobre ele, ameaçando degluti-lo bocarrão aberto como cratera aberta em terra. o aldegundes, como nós, aninhou-se bem mandado pela brunilde, suplicando clemência para com seu destempero de alma, mas nada podido de evitar, só mais sofrendo e sofrendo. e a dona catarina não se deixou de aumentar sobre ele e esperou que, como porcaria que saísse, saísse algo visível do seu corpo a garantir que diabo nenhum o prendia. mas nada se via senão gemido de medo, o meu irmão mais pálido ficava. a brunilde gritou, por deus, assim que a dona catarina levantou mão para espalmar o meu irmão, e a doida mulher enfureceu-se e vociferou, esmago-lhe esperteza de querer voltar à pressa dos serviços de el-rei, inventando história de maleita parva. ai, a mim não me enganam, que vos apanhei a vaca e só vo-la devolvi por misericórdia de meu marido, que por ganas minhas a desfazia em bifes para aprenderem a não desrespeitar pedido de el-rei com um bom cheirinho a assado. dona catarina, que dizeis que não vos entendemos, supliquei eu, não vedes como se deitam a morrer todas as coisas em redor, perguntei, não vedes, senhora, como matámos tudo quanto nos procura. e nada mais entenderia imediato, caída a nossa brunilde no chão, e em dores tantas, que zanga de dona catarina se misturou com aflição do dagoberto acorrendo a ela e nós seguindo, a nossa brunilde estava atirada para o chão como abatida por pedrada. convergimos todos sobre a rapariga e concluímos fim de conversa, era preciso ter curandeiro ali antes se morresse. e a ricardina foi a chamá-lo rápido e convencida da nossa culpa. afectaram nossa frágil irmã, era condenação a que nos teríamos de habituar e, quem sabe, assumir vez por todas e partir para longe, a viver onde ninguém de nossos amores vivesse. o curandeiro viu a brunilde e reparou-lhe os humores com bebida simples, reavivada sem mais do que descanso, se apenas vinha de ficar prenha. dona catarina levou mãos à cabeça e desacreditou em tudo. eras tu, puta vaca, eras tu metida com meu marido. e desceu-lhe a mão na barriga que não lhe mataria a cria por pouco. defendida pelo curandeiro, que se interpôs horrorizado, a brunilde saiu casa fora arrastada em choros, e dona catarina jurou vingar-se de tudo quanto nossa família desgraçara a honra dela. desatou a raspar madeiras que o aldegundes pintara, e a chorar de nervos coisas que nos queria imediato fazer.

por muito tempo já a brunilde se tinha prenha de dom afonso e logo a barriga haveria de lhe crescer. era verdade, confessara, estava sem maleita natural há muito e sentia pontapés e outros movimentos dentro de si própria, mas não imaginara que fosse, tão ignorante da diferença de uma indisposição de intestinos com o invento de um filho. o meu pai amaldiçoou-a de tudo, que filha sua não lhe daria desgosto de virar puta de notícia tão pública com criança nos braços, e por isso saísse de casa, nenhuma casa teria, a ter fruto de pecado e descuido na rua como as cadelas. e eu gritei de revolta, boi que se pôs nela foi dom afonso, e a ele se deveria pedir opinião. e já nenhuma dúvida tinha eu de que fizera o mesmo à minha ermesinda, por isso a olhava e ela se encolhia, e nos afastávamos e aproximávamos irritados da maldição e da minha dificuldade de decidir, vez por todas, o que lhe fazer.

mas a família era de unir, pedi fulgores calmos, disse, se sair do cuidado que a ermesinda lhe mereça, a nossa brunilde morrerá certa e sem bênção, nossa mãe choraria de tanta dor que me desgosta pensá-lo. meu pai, deixai-a ficar, que sob euforia do desejo de dom afonso a nossa brunilde devia poder nada. não me respondeu, arredou-se de nós porta fora como a encher-se de ar para respirar. não voltou naquela noite. ficou algures, metido em cama ou erva, não soubemos, levou a sarga e foi.

deixámos a brunilde posta em descanso dia todo, à espera que posição do bebé cicatrizasse e não se lhe deitasse corpo abaixo no meio das necessidades. era verdade que mulheres maltratadas por altura da prenhez podiam largar carga como necessidade qualquer. só depois viam que coisa lhes saía já morta. problema era que, livre da cria dessa forma, em muito perigo se podia livrar a mulher da sua própria vida também. a brunilde queria que filho seu se matasse à nascença, eu explicava-lhe que sim, seria pelo melhor que um sarga não tivesse mundo vindo real da linhagem de dom afonso. e mesmo se nascesse coisa de gente, braços e pernas diferenciados, deveríamos pôr-lhe fim sem tardar, antes que se desse com alma e até o povo o reconhecesse de direito e nos impedisse tal liberdade. assim ficámos à espera desse momento, atentos para cuidados tantos de saúde e falamentos. enquanto o verão acabava definitivamente e as chuvas vinham outra vez mudar tudo.

vinte e quatro

estávamos quietos em nossas vidas, como assumidos por rotinas pequenas, descabidos de alma ou não, éramos todos muito iguais em sortes, nenhumas. e, desde que a brunilde tornara a casa, andávamos dentro e fora a manter-lhe desejos que pudéssemos, a rezar para que nascesse logo essa criança e se acabasse com ela para ficarmos devolvidos ao início de tudo. a brunilde gemia com dores de talvez não cicatrizar correctamente a posição do feto, mas ninguém lhe podia acudir disso. era esperar e mais nada. por isso, também perdíamos a paciência e nos afastávamos, que um filho nascia de muitas luas, temperamento das estações a mudar algumas vezes e não havia que fazer para apressar isso.

o mais que contribuíamos os três para a calmaria da casa era descobrirmos lugares ermos onde pudéssemos fazer coberto para a chuva e tirar a roupa, a ver se poupávamos canseira da ermesinda a poupar trapos que, tantas vezes, trazia dos lixos dos outros ou das ofertas à porta da igreja por parte das famílias dos acabados de morrer. assim ficávamos, juntos, nus e humilhados, com algumas luas passando e rigorosamente nenhuma coisa que nos animasse, nem nosso pai, que aumentava desaparecimentos com a sarga e nos desviava palavra alguma.

por ser necessário proteger a sarga, o nosso pai se atarefou com levantar em grande valentia um novo coberto, já tão abatidas estavam as madeiras do primeiro e logo as trovoadas e os temporais seriam noites todas da nossa terra. o nosso pai tinha jeito de carpinteiro e sabia equilibrar proporções melhor do que qualquer pessoa. para uma vaca tinha de ser algo robusto, não podia ser buraco qualquer, e, se lhe dessem medos e pinotes pela água e coisas mais, um coice muito dado podia deitar tudo abaixo, para recomeço de esforços constantemente. por isso, nosso pai se solicitou amiúde, mas sempre sem nos dar conta, e a chuva já vinha sorrateira, muito molha tolos, a esfriar o tempo também. assim, numa noite, o nosso pai lá guardou a sarga, e a vaca resignou-se por voltar a dormir lá fora, debaixo de coisa mal tapada. e ele entrou em casa, com medo que lhe assaltou o coração. parto que a brunilde tivesse pela noite, mal informada seria, porque a parteira da terra vivia muito do lado de lá dos campos, e ninguém lha traria, nem a mando muito reclamado.

quando a brunilde nos disse das águas, tão absurdamente antes do tempo devido, tanto se parecia a morrer de dor que lhe dava, o meu pai baixou-se de olhos tapados e enlouqueceu de ignorância. entrámos todos os três e vimos, às pernas que ela abria, acorria uma cabeça pequena e ensanguentada, que o meu pai segurou à força sem largar. perguntei, que esperteza difícil pode haver em trazer uma criança cá para fora, e a ermesinda entrou. arrepiámo-nos todos os seis, a nossa brunilde muito, mas também eu e a ermesinda, meu pai, o aldegundes e o dagoberto. a cria saltara para fora em força tal, cabeçuda embora, que arrancou tripas por ela presas, porcarias que se reviraram dentro da brunilde e que a abandonaram de podridão ou puxão maior que meu pai lhes tivesse dado. afastei-me em pesadelo grande e o aldegundes abraçou-se a mim repetido de mais dor e disse, acabaram-se as nossas mulheres.

saímos para o campo e gritámos para dentro, e o dagoberto abraçou-nos como se nos cuidasse. e o nosso pai demorou uns breves momentos a surgir à porta e dizer, a brunilde morreu, é preciso pô-la na igreja para que a enterrem. a minha ermesinda veio a nós os três e desmaiou. parecíamos donzelas a arder na noite. meninas a arder na noite, disse, temos de partir para longe, eu e tu, aldegundes, mais o dagoberto, porque trazemos o inferno às pessoas de quem gostamos e o mais que fazemos é chorar.

a culpa não haveria de ser do nosso pai, embora a fúria que lhe dera de puxar pelas entranhas da brunilde, como fizera tão parecido à nossa mãe, pudesse querer ajudar que acontecesse tal tragédia. a culpa seria do tempo prematuro de nascer a mal dita cria. a culpa seria do diabo, e por este estaríamos a sacudir nosso próprio pai de indignidade. mas era cegueira que nos dava a desautorizá-lo de razões e, mal notámos que nos púnhamos de argumentos contra ele, corremos a sair de sua beira. pedimos-lhe perdão, mais tarde, por grande precipitação no juízo, à conta de chorarmos muito a morte da brunilde.

a ermesinda ficou a ver nosso pai magoar-se sentado à porta de casa, sem levantar corpo para mais nada até que tombasse de exaustão, dormido no chão. e a brunilde lá foi para a igreja com a criança por braços a enterrar, ao pé que fosse de nossa mãe. dom afonso não acudiu, lembrou-se, talvez, de como seria correr cantos da casa atrás dela e de como lhe teria feito barriga sem mais nada. e dona catarina veio e desprezou-nos, sem palavras chegada e ida, garantida de que uma puta menos se teria debaixo do seu marido. tivemos ali nossa tristeza e humilhação e todos voltaram a dizer maldades sobre nós, que éramos os sargas nascidos de bichos e que nos matávamos uns aos outros como bestas. olhei o nosso pai e chorei a nossa irmã, e pude odiá-lo como nada mais parecia interessar. mas saí, arrastando o aldegundes e o dagoberto, e mais a ermesinda atrás de mim, torta de andar, atrasada, que me disse, espera pelo teu pai que também vem, funguei de desagrado, mas esperei, e seguimos todos os cinco para casa, assustados com a nossa condição.

e, chegando lá, foi que meu pai confirmou por seu lado o desprezo que precisava de nos sentir. haveis de sair os três a sete pés pela manhã bem cedo, que pertura de vocês é boca de inferno a arder. antes que nos vamos todos e só restem os culpados. partireis cedo sem autorização de regresso e nem lembrados de nome ou alcunha de vosso pai vos quero. seguirão sem história e sem mais nada. fechou os punhos, farto de nós, entristecido de tanta dor e definitivo. e eu perdoei-nos de tanta tentativa que não aceitou, e supliquei mais uma vez, outra bruxa nos tem de ver, outra bruxa que nos reponha alma no lugar para que possamos viver onde nos compete. e o nosso pai gritou dizendo, e que te ensinei eu todo o tempo, desde pequeno nem homem eras, que voz de mulher é serviço sem préstimo, nem inteligência nem beleza lhe dá. uma bruxa, insisti. a comer-te as entranhas da alma como todas as outras, que a isso se dedicam, estúpido. eu e o aldegundes não queremos sair daqui. nem menos poderíamos dizer, nem mais, momento exacto em que nos assalta com os mesmos punhos fechados e nos garante, amanhã dia escuro ainda, mal suspeitem do sol, marcham daqui para fora a contar passos infinitos de distância. acabada a contagem, param e morrem sem atrevimento de memorizar uma só coisa da nossa família. partam para o inferno sozinhos, sem puxar mão de outros.

mas na manhã seguinte, dia ainda escuro, a minha ermesinda falou, baltazar, talvez se eu rogasse a dom afono, pedida de encarecimento pelas conversas que trocámos, talvez nos desencantasse sabedoria magnífica que vos perdoasse feitiço prévio e vos desse lugar em outro lugar. falas sério, ermesinda, que conversas tidas com dom afonso te dão agora alcance de qualquer pedido, perguntei. ela acenou que sim. e foi como lhe quis arrancar orelha que fosse, mas parei, se me levares lá, disse-lhe, se o pedires em frente aos meus ouvidos e eu te ouça, deixo que o faças. outro modo parto, mas ficas para enterro pronta nesta cama que esquecerei. e ela recompôs a cabeça e repetiu, sim, farei o que pedes e serei convincente para que dom afonso te proteja da violência do vosso pai.

assim seguimos todos os quatro à grande casa. estremecemos e entrámos sorrateiros, por onde a ermesinda se esquivara tantas vezes, e emudecemos. nada do que esperávamos aconteceu. nada de dom afonso, senão dona catarina, que saiu à nossa frente e nos assinalou. pusemo-nos desanimados e gaguejámos. dona catarina, senhora, vínhamos acudir-nos de vosso marido, tanta piedade tem tido de nós, disse eu. e ela silenciou-nos novamente. não nos queria a falar ali. seguimos atrás de si, e reparámos nas tábuas do aldegundes e em como estavam estragadas à unhada, destruídas de raiva. eu elucidava-me de imediato, erro grande fora o de lá termos posto pé. ainda que dona catarina não tivesse horários tão cedo, certo seria que, pedida a seu marido alguma rebeldia aos intentos da mulher, o risco corrido seria sempre prejuízo para nós. que ridículos ali, ajoelhados de perdões na boca, invadindo a casa grande como ladrões, para baixarmos cabeça à víbora da dona catarina. tenha piedade como tantas outras vezes nos concedeu, senhora, estamos escorraçados por nosso pai e ninguém mais nos acode. ela sorriu, desgrenhou o cabelo com as unhas afiadas e pareceu má como nunca. esperei que nos pudesse matar com um olhar, um olhar que parasse sobre nós por um momento mais demorado, seria suficiente. e confessou, não poderia ter surpresa mais agradável. afastou-se um pouco, disse, sei que escurecem tudo em volta, ficaremos assim de espaço grande, mas folgo em recebê-los. e era como dizia, surpresa agradável como se lhe levássemos oferenda ou notícia boa, e nada disso, não tínhamos nada para lhe dar, abanávamos as mãos vazias e desentendíamos tudo, até que disse, entendi que viriam e ouvi ruídos baixos que me alertaram o suficiente. sabia que se viriam acudir de meu marido, e nem meu marido ainda acordou. e porque nos dizeis tal coisa, senhora, perguntei. porque quero esclarecer-vos indicação da minha vontade. e que é, dona catarina. que honreis vosso nome de família pondo fim à esposa que tens. é osso de corno, toda ela, a passear frente aos olhos dos outros com destaque de coscuvilhos. a minha ermesinda, atrás e mais atrás, apavorou-se muito e desatou em fuga. que dizeis sobre a minha mulher, senhora dona catarina. isso que ouves, rapaz, voz minha muito alta para te convencer do que não queres ver, a tua mulher é osso de corno que te salta à cabeça, e que te põe o nome nas vergonhas de tantos homens quantos imagines existirem aqui na terra. poderia lá ser uma coisa tão disparatada, a minha ermesinda só saída de manhã tão iniciada, para casa de dom afonso ele próprio, nem outros homens conheceria, disso me garantia eu em lucidez. mas ela reiterou, desde chegada até ontem mesmo, quantos se queiram pôr nela quantos aceita e busca. mas nada disso é verdade, dona catarina, minha mulher ama-me pelos mandamentos do coração de deus. coração não tem, rapaz, que até a dom afonso se deu, que não aceitou.

sentei-me no chão perante a insistência da mulher. a ermesinda veio, trazida pelo pedro das montadas, e aninhou, e o dagoberto aninhou com o aldegundes também e ela disse, ouvi minha prece, meu deus, que tanto azarada me tens, ouvi minha verdade e mostrai ao meu marido quanto amor lhe tenho. e dona catarina era só maldade e esclarecimento, ali acordada cedo demasiado para interceptar nosso pedido de auxílio, acordada como lobo à toca de coelho. era uma mulher gorda, grande de mamas descaídas, jeitos de porca aberta de pernas e membros como convidando à entrada. e esmagava-nos de crueldade, convicta em me desesperar de ciúme e honra para devastar vez por todas a minha ermesinda e repor, quem sabe, a exclusividade de dom afonso às suas obrigações matrimoniais. e não era possível que lhe confirmasse a putice da ermesinda nem lhe dissesse que havia manhãs já que não se viam os dois e, por isso, refeição que fossem um do outro já não o seriam. e eu não podia dizer-lhe isso, e ela nem precisada estava. riu de maldade acentuada e já sabia, mas só lhe apetecia isso, que a ermesinda fosse carcaça como a brunilde acabara de ser, e cada mulher mais que se tivesse posto debaixo de dom afonso haveria de seguir para a terra também. continuou, a convencer-te, rapaz, estou eu aqui resto da vida se quiseres, mas nada do que te diga logo te acrescenta maior desonra ao que já te disse e já sabes. ouve o que te digo e finda-lhe a vida, dar-te-ei guarida e nem alma terás vendida ao diabo que ta compro em volta mais moedas sejam necessárias. era sabido, marido que vinga cornadura matando a mulher nem merece repreensão. assim se pensaria por toda a parte se eu resolvesse, por fim, fazer o que havia muito me competia. olhei para o rosto da minha ermesinda e pensei, só da vergonha de aqui estar, já te mato de grado e obrigação.

vinte e cinco

embrulhei o estômago e disse que queria pensar nisso de tomar tão última atitude. ainda que me ficasse bem, disse-lhe eu, por mais que devesse fazê-lo, quero pensar um pouco, ver que coisa me diz a cabeça ao corpo e logo lho direi, dona catarina, se é verdade que a sua protecção me poria a salvo de nosso pai e muito contribuiria para que se mandasse vir de onde houvesse uma bruxa que entendesse negócios tão acabados como o nosso e o desfizesse com o diabo.

liberados para pensamento era o trato que tínhamos. amanhecendo dia seguinte, coisa deveríamos comunicar a dona catarina, coisa favorável, como gritou. entretanto, só encobertos da luz e olhares dos outros deveríamos ficar, para enganar nosso pai de distância a que estivéssemos de casa. lá chegámos escondidos, para pegar poucos pertences, e vimos já como nosso pai se dera ao trabalho de recolher os pequenos troncos pintados pelo aldegundes. seria, certamente, para que os usasse em fogueiras à noite, descabidos para sempre da beleza ilusória que meu irmão lhes oferecera.

tão rápido fomos que, sem demora, estávamos de volta à casa grande, com a dona catarina que nos meteu nos arrumos baixos da casa, perdidos entre nervos e trastes podres. à ermesinda deixei-a ir. alheio-te pé se me paras à frente muito tempo, disse-lhe, foge, ermesinda, foge, que te mato só da raiva de dona catarina saber. e ela foi, arriscada de vida por minha reflexão e precisão que eu tivesse de decidir se era mal ou bem que a morte dela chegasse vez por todas. ali ficámos depois, os três colados, sem entender grande coisa pela escuridão imposta. e dona catarina havia seguido. não se deitem em barulhos, ela disse. em pouco tempo lhe terei uma resposta, eu disse. muito pouco tempo, ela disse. deus me ilumine o espírito, para cumprir o melhor com bom senso, ajudando o seu intento, dona catarina, mais o intento de nos recuperar alma ao diabo, mais administrar com engenho cristão a educação da minha ermesinda, eu disse.

mas mentira complexa nos tinha posto em cabeça dona catarina matreira, má rês, rês de merda. enfiados nos arrumos, escuridão incrível, porta fechada, só cheirávamos mal e pior, e não víamos o que agarrássemos nem ninguém nos visitava para alimento ou libertação. estivemos pouco a pensar que nos queria, como tinha dito, porque já o pensamento nos falhava de tanto tempo ali fechados, e era claro que nos punha ali para morrermos. e já o sol se levantara e pusera, talvez duas vezes, e maneira de nos mandar buscar resposta não havia. era para nos matar de necessidades que nos pusera ali. e, se mais nada nos dissesse, morreríamos sem dúvida, burros de confiar na voz de uma mulher, a mais poderosa e talvez a mais esperta mulher da nossa terra. raiva que nos dava também nos roubava força, e esforços que fizéssemos abatiam-nos corpo para tempo indeterminado. quietos, gemíamos de muita dor, e só as águas da chuva, que entravam porta por baixo, nos aguentavam sedes, de outro modo secaríamos completos, igual a tudo esboroando e partindo-se. sem a chuva, já nem existiríamos naquela altura.

o dagoberto tinha teorias más sobre o respeito de tudo sucedido. dona catarina, importada com finar-nos, falada connosco na presença da minha ermesinda, haveria de ter conluio grande com ela. dizia ele, sim, essa tua mulher adúltera e corno teu ambulante. de que outro modo se explica que nos levasse ao encontro exacto dessa dona catarina. e era verdade que a grande senhora, por naturalidade, não se teria em pé tão madrugada, para se ter naquela manhã alguém lho prevenira e arranjara bem arranjadinho.

porque se haveria de amigar a minha ermesinda de intentos nefastos para todos nós os três, perguntávamo-nos. amigava-se de dona catarina e por isso estávamos tão esquecidos ali, sem salvação de socorro ou morte de rapidez que nos enviasse quem nos queria mal ou quem nos deveria querer bem. e assim estivemos esse tempo, até que nossos alentos se desanimassem mais e mais e o aldegundes dissesse, a sarga está perto daqui, a sarga sabe que estamos aqui. admirei-me de estupidez e retorqui, assim como coisa parva dizes isso, que está e pronto. como poderias sabê-lo. está perto, baltazar, ela vem por nós. com a chuva e tudo, está perto daqui. e o dagoberto pôs-se num pulo perto da porta e ouvimo-lo a fazer ruídos para que, se a vaca estivesse real do lado de lá, nos sentisse sem falta. e era como dizia, novo ar nos dava a esperança de ser verdade, pelo que me levantei e tropecei até à frincha de luz que entrava por baixo do pesado portão de ferro. e ouvimos bem, primeiro uns passos pesados e lentos por entre o burburinho da chuva, depois um arfar nítido. e logo esse arfar focinhando a porta, farejando como os cães. a nossa vaca sentia o cheiro dos nossos pés, a pegada que deixáramos havia tanto tempo. e sem dúvida teria rodado a casa por vezes até descobrir o rasto, e lhe dissemos, sarga, ao que se enfureceu de alegria e coiçou primeiro com nariz e depois com patas a porta que nos separava. e eu gritei mais forte para que se acalmasse, e alegrei o meu coração por me obedecer. e o aldegundes não hesitou a conversar com ela como com gente e disse-lhe, sarga, vai buscar o teodolindo, sarga, linda vaca, vai buscar o teodolindo.

e a sarga nem demorou a desaparecer, já foi, disse o aldegundes, temos de fazer figas para que o teodolindo entenda. e eu acreditei que a vaca estava tão determinada com loucura que lhe dava de nos reaver, que haveria de dizer ao teodolindo coisa tão boa de entender, como se dissesse palavras do nosso português claro e bem escolhido.

quando o teodolindo chegou, ligeiro e aflito, já percebera bem que éramos nós ali escondidos. socorro, meu amigo, tira-nos daqui como se nos tirasses da morte, roguei-lhe. e ele pôs-se de mãos na porta a bater e a forçar, a ver se alguma coisa lhe rodava o ferrolho ou abatia bocado da pedra da parede. continuou com outros ferros e a pedra esburacou-se suficiente para que ficasse lasso o engate e logo a porta se abrisse, trinco fechado, e a transpuséssemos e nos alheássemos dali mortos de felicidade.

foi num instante que nos vimos em casa e, noite fechada, iluminássemos a cara de ermesinda só de medo. abriu mais os olhos que olhos tinha, e ficou como coisa burra a arrepender-se de ter nascido, maldizendo suas sortes com espasmos de aflição que a punham de inspiração expiração acelerada, a faltar-lhe tudo de discernimento e a tremer mais, muito mais, do que a chama da vela que eu acendera. nem me disse nada, e eu perguntei por nosso pai. que coisa lhe fizeste, grande puta. e ela encorrilhou-se muito e nem disse nada outra vez. e eu perguntei, que amizade te tem dona catarina para lhe ofereceres assim a morte de todos nós os três. e ela nem disse nada outra vez. nem eu lhe disse mais. tão simples era minha conclusão, dei-lhe de mão fechada tanta pancada na cabeça que lhe saltaram pedaços, até tombar chão batido como pedra a escorrer sangue, desfeita em desonra e mais nada. e o aldegundes disse, agora vamos, que alguém barafusta lá fora e temo que nos prenda caminho. agarrei no pão seco que sobrara, água posta na mesa bebemos em goles rápidos e, pondo mãos ao dagoberto quase só esqueleto, saímos.

duros como metais obstinados, deixámos tudo para trás a rejeitar má sorte que nos coubesse ali. apertámos o teodolindo com a gratidão toda do mundo. salvaste-nos a vida, és uma voz de deus neste inferno, disse-lho eu, não és como um irmão, porque não te desejo família da nossa, és como um anjo, e eu vou respeitar-te e recordar-te para sempre, desejando que te caiba em breve um amor de mulher que te mereça, como sonhaste. e a sarga começou o caminho, sem apressar o passo, que seguimos pesados a afastar o corpo do pensamento e a avançar como se fôssemos descabidos de lembrança. foi quando o aldegundes perguntou, quem virá para enterrar a ermesinda. e eu pedi que não falássemos, mas respondi, não morreu, não a consegui matar. percebi o seu olhar vivo luzindo na escuridão. percebi como nos ficou a ver partir. sem bulir. sem bulir para se salvar. esperta, fazendo-se de morta para se salvar. e o aldegundes voltou a perguntar, parece-te melhor que fique viva. e eu pedi que não falássemos.

vinte e seis

a sarga parou muito tempo depois, já sol apontado no céu e tanto caminho percorrido entre matos e riachos que já nem voltaríamos a casa por desconhecimento de como. que lugar quereria ela escolher não distinguíamos, víamos as árvores tão iguais, pedras no chão e nada que desaparecesse normal, só assim víamos onde estávamos e nem casa ou outro abrigo encontrávamos que pudesse caber-se de nosso lugar. mas foi onde parámos, exaustos e sem forças para questões, que estávamos a pão seco e goles de água, nada mais senão ervas que o aldegundes escolhia com dificuldades de escolha e visão. parámos e afagámos a vaca, antes de cair sobre as pernas para descansar na relva ainda húmida da chuva do dia anterior. e eu encarei a sarga, à procura de um sinal indiscutível de inteligência, impressionado com o seu olhar vago de animal estúpido e desanimado. a vaca mugiu ao de leve, qualquer coisa como a desviar olhar que lhe quisesse ler pensamento, e comeu erva que lhe apeteceu. fiquei sem confiança nem resposta, só salvo a longe da casa de nosso pai, da ermesinda e dona catarina, de dom afono e quem mais nos quisesse odiar. caí também sobre as pernas, pensei para mim mesmo, sarga, se não me trazes a minha ermesinda, leva-me de volta. cura-me e leva-me de volta. e, por favor, pede a deus que não a mate, que a deixe para me esperar, nem que lhe sobre só um dedo, só um cabelo, só uma palavra para me dizer.

dormi enquanto o sol aquecia a manhã em que, por sorte, não choveu.

o dagoberto estava tão mirrado, na verdade, que entre as árvores podia parecer um ramo descarnado de folhas, desfolhado de flores ou fruto, só assim meio retorcido de contornos a alinhar-se ao longo do esqueleto como pau de queimar sem pena. quando era novo, dizia, queria só ser um trabalhador reiterado, importado com garantir refeições de corpo e alma, constituir família por deus a multiplicar-se e reconduzir-se a uma insignificância saudável, ultrapassado de normalidade e mais nada. quando se apercebeu de ficar menor do que os outros, entre os outros a ter alturas de criança incapaz e ridícula, também mirrou por dentro, coração fora.

foi como ficou, assim a crescer de criança para homem, sem ter direito a robustecer tronco, curvando-se e atabalhoando as peles para parecer velho de mais de atractivos masculinos. poderia ter-se casado, se fora filho de quem o cuidasse de perto. pai expedito tê-lo--ia posto de fêmea ao lado a mando e honra de família mas, destratado de paternidade, ficara sem amparo, a ver passar tempo sem decisão que superasse a injustiça de seu corpo. por isso, por vezes, tão mal dizia de deus, que não queria nada com ele, era o que afirmava. que se finasse de vergonha por obra corrompida feita, dizia boca fechada, surdina para nós, amigos, a perdoarmos-lhe veleidades de heresia porque achávamos esquecer-se de tal coisa um dia que se aviasse de sexos reiterados e mais saudáveis. estupidez que te passa um dia, só esperar que tenhas conta nas escolhas mais cuidadosas de deus. o aldegundes quase lhe pôs no ouvido aventura desnatural com a sarga, mas saber de suspeita que o dagoberto teria prazer de animais, e objectos talvez, não dava comparação imediata com vaca. por sinal, todo o tempo que se colara a nós, não lhe ouvíramos proposta de satisfação com coisa alguma. se aguentou connosco, cumprira-se com a mão como nós, outros dois, o fizéramos, enquanto os outros dormiam, sem gemido, sem movimento, quase sem o fazer.

falámos mais tarde, e disse ele, entre uma ovelha e uma vaca parece a ovelha mais natural. havia que medir animais, desbocava-se o aldegundes e calou-se. e eu calado, de nada querer comprometer, só procurava abater a fome com mais coisas que por ali estivessem plantadas. o dagoberto continuava, delicado nas suas aberturas de espírito, decidido nas acutilâncias. dava a entender sem dizê-lo, vezes em que chegou a acreditar que prazer de sexo é só esfrega de carne, e que forma de buraco, cor ou cheiro, é distinção da cabeça. parada a cabeça de pensar, qualquer esfrega dá no mesmo. até que a cabeça se intua de outras coisas e suporte sem regresso as formas, as cores e os cheiros desnaturais, preocupada com ser diferente de todas as outras. imaginem, dizia, é como gostar de coisas que nenhuma outra cabeça saberia sequer imaginar. era um plano de sobrevivência, como expliquei ao aldegundes, um plano de sobrevivência a ver se suportava grande solidão e apetência carnal. resto disso só o que está claro de ver, se tivesse mulher onde se pôr, nada de bichos lhe viriam à satisfação, comentei. por isso, era ainda assim boa pessoa, bom homem, encurralado numa vida cruel sem opção, e só por isso usado de atitudes bestiais, mais nada, aldegundes. e nós devemos pensar que está com maleita de escolhas, erradas escolhas que faz, tão erradas que é maleita de cabeça e já nem simples burrice ou distracção. o aldegundes abanou que sim e sossegou-me, nada penses que me assusto com histórias e suspeitas sobre ele, a mim dá-me tanto como não que ele se tenha de animais grandes ou pequenos, se não se tiver de almas é que me basta.

o dagoberto estremecia vez em quando, a parecer coisa por donde passasse água em reboliço e parasse. eram tremuras criadas havia muito, no tempo em que aquecimento da sua cabeça fora tão grande que, mirrada mais que o corpo, lhe deixou esse trejeito. dizia, parece que uma mão muito grande me agarra e me abana corpo todo como fazemos às varas com que fustigamos o ar. era um pau de serventia nenhuma, pensava eu. um pau para queimar, sem deixar pena alguma. e queimávamos nós aquele ermo, colocando as roupas longe, protegendo-as, escondidos por poucas folhas se aquecíamos nós iguais a fogueiras.

servidos de sombras e água, decidimos ficar por ali perdidos que, como nunca pensáramos, era estarmos livres de trabalhos e tempos, vergonhas e medos maiores do que existir simplesmente. fazer nada, dizíamos, nada dias inteiros, sol a sol, ou chuva a chuva, só ver que coisa pôr à boca e garantir que nos juntaríamos a cada instante para não sucumbirmos antes do necessário. construímos um pequeno abrigo entre as árvores, meio escondido de quem azaradamente passasse no largo aberto da paisagem. ali ninguém nos existia. olhávamos tudo a intuir que coisa boa significava cada cor e cada cheiro, cada coisa bulindo. mais que fazíamos, espantados, espírito fugido, alma vendida, era reiterar dúvidas e muito ver a sarga a pastar ou como se deitava com a cabeça entre as patas. o dagoberto dizia, parece um cão. e nós confirmávamos e permanecíamos misteriosos em todos os sentidos, unidos à sarga pela pertença, sem saber que saberia a vaca de nossos destinos, coincidindo nosso caminho com caminho daquele ermo perfeito, acalmada quando, exactamente ali, nos parou e guardou caídos na relva.

a sarga nada nos esclarecia, de solidões e sossegos sem proximidades nem exigências de irrequietude ou que fosse. estava de bem com estadia escolhida e nem desconhecimento de local, nem desabrigo das suas velhas madeiras lhe parecia ocorrer. calmaria lhe dava que nos dava também vontade infinita de acreditar no sossego benigno daquele lugar e sorrir. assim com os corações nos deixámos ainda em guarda, preparando um abrigo de troncos muito levantados, sob o qual pudéssemos estar bons tempos antes que queimassem o tanto de ruir. haveria de se tornar um coberto enorme, com espaço suficiente para três mortos, quietos ou vivos de movimentos, a passarem noite inteira em segurança até ressuscitarem. e ali fizemos tal coisa, como combinámos, abrigo para os três, remediados para nos esticarmos juntos à pele, e nada de braços levantados, pernas de lado, abertas, joelhos, pés, cus espetados para frente ou para trás. dormir seria de morto, mãos cruzadas no peito, pernas esticadas até ao fundo, e mesmo respirar, que fosse sempre em frente para tecto, nada de bufar em orelha de outro, que eram já regras antigas, mais cumpridas ali, sem pudor, com nossos corpos nus de poupança à triste roupa que nos restava. e mais uma noite passaríamos os três, juntos colados, só separados por dentro, sempre repensados nas confianças e nos significados atribuídos a cada um, e à procura de um sono que, em posição de morto, não fosse eterno.

ouvimos um curto ruído. um pequeno ramo que se partiu, como um pássaro mais pesado lhe tivesse vergado a força e feito notícia disso aos nossos sentidos. que seria tal coisa, perguntou o aldegundes. acorremos a espreitar a sarga, que emudeceu os seus mugidos escuridão toda. calada de medos ou anseios, só posta de lado a nós, fora, sem chuva ou vento, nada, não reagiu. e eu rezava por ela e tinha medo profundo da sua solidão, talvez ela olhando em volta sem saber que bicho a poderia estar a querer. voltámos para nosso lugar e não falámos mais. eu fiz o sinal da cruz e afundei a cabeça no sono como fuga. ainda jurei a mim mesmo que, dia seguinte, a vaca teria direito a cobertura própria. por isso, acordei e me ocorreu tal coisa sem demora.

todo o dia passámos a montar buraco onde se enfiasse a vaca. buraco mal tapado, importava pouco, com tempo outros ramos se juntariam para fechar brechas a deixar entrar luz ou água. e o tempo estava tão felizmente curado de tempestade, como espaço ali tão abençoado de bonança, queríamos só levantar barreira como uma veste com que se protegesse à noite contra olhares e chuvas fracas de aborrecimento pequeno, era essencial, para se ocultar de quem não fosse conhecido e se abeirasse curiosamente daquele lugar. ficará dentro, nada fora à luz de lua e sujeita a ver bicho que ronde, eu disse. dentro fechará os olhos e coisa má que passe nem perceberá que para cá da barreira gente de bem dorme. e o aldegundes entendeu e confirmou, a sarga é gente sensível. rimo--nos. pescámos, apanhámos coelhos selvagens, comemos esturricado dessas frescuras e sossegámos estômagos para compensação do trabalho. assim tidos sem sobressaltos, ficámos a ver céu sobre nossos corpos deitados e eu regressei ao amor, disse, não matei a ermesinda mas, desamada de tristeza por mim, poderá ter morrido sem aguentar mal que sentisse no peito. uma mulher também morre de tristeza. o aldegundes levantou-se e desapareceu, a procurar coisas com que fazer untos para pintar as pedras maiores que nos rodeavam.

o dagoberto calou-se. eu sofri para mim tão sozinho, consumido do desejo de voltar. estendi-me em silêncio e senti necessidade infinita de reaver alma vendida e recuperar direito de regresso. ardemos e gritámos. mais gritámos o nome do meu irmão, como furiosos por infantilidade tão súbita. e o aldegundes voltou a entrar. desculpem, disse, demorei porque não se vê já grande coisa. calámo-nos em descontentamento, amainando como bestas dificilmente domadas. voltámos a ouvir um pequeno ruído lá fora. coisa breve, assim como um pé posto em corrida no lugar errado. um pé que circunda curioso ou assustado.

vinte e sete

e mais uma vez ouvimos um galho partindo-se, ou seria uma pequena pedra batendo de encontro a outra, e parámos no escuro ondulante da pequena fogueira. a sarga manteve o seu imóvel silêncio e nós aturdimos os corpos separando-nos um pouco. o aldegundes disse, que poderá ser isto que a mais e mais se assemelha a frequente. e o dagoberto respondeu, bichos diversos, com tantos a passar, muitos ruídos partilham por semelhança, mais nada. seguimos esperando atentos a ver que outra coisa se ouviria. e não aconteceu. bicho que fosse, teria partido, gente que fosse, seria mais esperta e, de cuidado em cuidado, estaria ali ou partira sem podermos garantir coisa uma ou coisa outra. mas não acreditei. saí de baixo das madeiras que levantáramos e encarei o silêncio e o escuro. os outros dois colaram-se a mim. eu disse, sarga, disse alto, sarga, fizeste o que eu pedi, perguntei. terás tu feito o que eu pedi. e não escutando nada, nem a vaca se mexendo, disse de novo, ermesinda, estás aí. o aldegundes e o dagoberto deram um passo atrás como se direito eu evocasse os espíritos, e mais outro passo recuaram quando do escuro, irrompendo pela folhagem, apareceu a minha ermesinda tão desfeita no arrumo do corpo, lentamente a mover-se, cabisbaixa e submissa, a custo como a tentar encontrar modo viável para a utilização dos ossos. e eu estendi os braços e disse-lhe, anda, vamos para dentro. pusemos mais lenha na nossa pequena fogueira e ela ficou perto, nós afastados só observando a sua imobilidade e escutando a sua mudez. a minha ermesinda, pensei, ainda que mal explicada das culpas de tanta imperfeição, é coisa do meu coração. não se abdica assim de coisa tal, nem que mais nos custe ou nos queira impor o correcto de se fazer. nem dormi, nem fechei os olhos, instantes a instantes alimentando a fogueira, não fosse a minha amada acordar com o frio. e assim a fui deixando aquecida de bons calores. correndo na ida e na volta para secarmos todos os três o extremo do lugar onde nos abrigávamos.

a minha ermesinda, pensei, deus meu, como me engrandeces com esta graça.

e depois conversei com ela em assuntos só nossos, perguntando, sem resposta, porque lhe deste pernas abertas a cheirar maldade que te sujeitou deus no buraco. bondade que tivesses fugias a casa de teu marido, para te reservares de proximidades só de quem te desposou. porque lhe deste tu oportunidade, minha ermesinda. nem que te cales te perdoo, cada vez menos to aceito, e se nada me contas mais te invento teres feito e mais o imagino e fico louco de to atribuir. e não me dizes mais nada, por deus, se te usasse a língua palavra uma que te salvasse, eu te daria toda a guarida do mundo e, mais que isso, todo o tamanho do meu coração. diz-me, ermesinda, diz-me que coisas te fazia dom afonso, como te fazia e em que diferia, para te merecer todas as manhãs e segredo até de mim. e a minha ermesinda não abria boca. não dizia nada.

certo e provado que fêmeas inventou-as deus distribuídas por cheiros, odores fortes a ficarem no ar para chamamento de macho que passasse. era vê-los meio de pernas para o ar a rabiar de burros sem mais discernimento que o de se porem nelas. comprovara-mo a teresa diaba, coberta por tantos homens, dez homens me cobriram hoje ou mais, que alguns estavam juntos e não pude facilitar medição de dotes com que se serviram. de iguais para diferentes, entre dez ao fim de um dia quase todos parecem o mesmo. e eu perguntei, ermesinda, tão igual me é agora que tenha sido só dom afonso ou todos os homens do mundo, dá-me uma palavra só, uma palavra que te comprometa comigo e com a educação que te devo dar. e só te quero dar amor, ermesinda. e ela nada, calada de mudez tal que foi o dagoberto quem disse, a essa tiraste o dom da fala. é uma mulher sem voz. mas. se veio até aqui, muito te deve querer. por isso a abracei, breve mas intensamente, e me afastei. e enquanto me afastava dela, para me juntar aos outros dois comigo condenados, senti uma felicidade absoluta, uma felicidade infinita como se possível fosse que, ali no meio de nada e deitados para a solidão, estivéssemos no paraíso. senti uma felicidade assim, como se, mais ainda, fosse possível não querer ver os defeitos de uma mulher e amá-la e conservá-la para além do que deus queria.

e se imperfeição das mulheres tem-nas más de cheiro e tudo, pernas que abram, fedem deliberadamente como coisas mortas, a sorte e condenação delas é que os homens gostam de maus cheiros, coisa sem a qual não teriam sucesso na sociedade. são escolhas da natureza, criação de sempre, nada que se mude ou interrogue, e, a saber do efeito dos seus maus cheiros em homem que os sinta, mulher de tino desaparece do macho se não é seu marido. disse-lho novamente. ela pouco discernia ou ouvia. não falava.

deixa-me ver-te de pé direito, minha ermesinda. deixa-me ver-te hirta para te apreciar dano e beleza que repartes. a minha amada nem se levantava por seus próprios apoios, havia que eu lhe deitar mãos por braço debaixo, tronco a subi-la para, numa posição breve, se deixar momentos segura, e não muito mais, porque caía cansada a condoer-se. minha bela ermesinda, como estás. pé torto, mão para o ar, braço colado ao peito, outra mão nenhuma, olho só buraco e cabeça descarecada às peladas, altos e baixos a faltar redondez de cabeça comum. e tão aparecida continuas de beleza, pele lisa de tratamento cuidado, tão jovem, a minha amada ermesinda. deixa-te calada agora, ermesinda, servirei de todo o tempo que me aprouver e, se deus assistir minha paciência, talvez me convença de perdão e menor importância para segredos que me guardas. porque quero perdoar-te.

abracei meu amigo dagoberto e apontei-lhe a ermesinda como glória imensa que me tivesse saltado do coração e ele sorriu sem queixa ou suspeita perante o aspecto dela. orgulhei o peito, inchei-me de felicidade e vi bem a minha doce amada, agora tão longe e protegida de homem ou mulher que lhe desviasse corpo de meus afazeres apaixonados. tão grande o orgulho de a ter salvo, muito me aconteceu a alegria e, consciente na ideia, tão grande inteligência com que administrei a minha ermesinda, quase senti remorsos pela firmeza da minha bondade. eis ermesinda, salva de tudo o mais, ajoelhei-me a seus pés e confessei que a amaria até ao fim da vida.

sim, poderia sentir remorso pela competência tão apurada usada na educação da minha mulher. por essa sensatez de não deixar que se perdesse sem retorno. poderia sentir remorso por essa bondade de, a cada momento, a ir buscar à razão, a fazer ver as coisas mais correctas da criação, para a ajudar a encontrar o seu lugar mais humano. poderia sentir remorso naquele instante, perante a minha ermesinda tão diferente, que muito mais descansada estaria do corpo se eu me houvesse desleixado nos bons trabalhos de ser seu marido. aceitei o seu silêncio e compreendi que seria melhor assim. dizia o meu pai, a voz das mulheres só sabe ignorâncias e erros, cada coisa de que se lembrem nem vale a pena que a digam. mais completas estariam, de verdade, se deus as trouxesse ao mundo mudas. só para entenderem o que fazer na preparação da comida e debaixo de um homem e nada mais.

assim ficámos, todos os três a dispensar espaço à minha ermesinda para que não cozinhasse no nosso calor. assim ficámos, todos os três a ter por ela um desejo que, mais que me acorresse à ideia, não encontrava modos de me trazer a lucidez de prever e prevenir o que tinha de acontecer. sem perda de tempo, noite tão dentro e numa rapidez de invejar lebres, o aldegundes e o dagoberto queimavam os buracos da minha ermesinda, talvez por nos condenarmos àquele lugar, talvez porque ela não se podia defender de violência ou súplica, talvez porque se alheassem a mal do sofrimento que me causariam perante descoberta de tal acto. deixavam-me bem medido no sono, naquele tempo em que me escapavam todas as forças de vigília, e faziam-no em conluio, ajeitados um para o outro para melhorarem a maneira de se aliviarem em pressa e préstimo o suficiente. pude comprová-lo. pude comprová-lo acordado que me vi, numa noite, desacompanhado dos dois e talvez alertado por um mugido da sarga que me chamou. e vi, forma como se revezavam de altos e baixos da minha ermesinda, a furarem-lhe o corpo com ganas de bicho, devorando-lhe mais e mais o que restava de beleza.

fechei os olhos e fiz o maior escuro da noite. cerrei os ouvidos e deixei que acontecesse. se por dentro o coração se pudesse soltar, haveria de se ter soltado o meu para se diluir nas lágrimas que chorei. mas permaneci quieto, ausente como no sono, cornudo cima a baixo sem dignidade alguma. percebi que acabaram, já nossos corpos aquecendo, percebi como voltaram para o meu lado, proibindo-se de arfar, suando, talvez magoados de remorso mas profundamente satisfeitos de meias pernas.

foi como se repetiu por muitas noites o ritual, ao fim de dias em que também eu me completava com a minha ermesinda, levando-lhe talvez um maior afecto, cortado esporadicamente pelo ódio azedando-me os sentidos. muitas noites se repetiu, e naquela ordem nos mantivemos como coisa de bem. e nem permiti que ela me dissesse por gestos e olhares que suplício era o seu de servir meu próprio irmão e amigo tão grande. por mais que me apertasse como podia, por mais que lhe sentisse a urgência da minha companhia, não lhe oferecia protecção. largava-a para a noite como quem sabe deixar os seus no lugar do lobo. deixava-a e pensava que talvez o lobo não a comesse, talvez a ferrasse um pouco, talvez a magoasse, sim, mas não ma levaria, seguramente. seguramente, não ma levaria.

vinte e oito

apercebi-me de se levantarem já tão ágeis pelo hábito quanto pela perda progressiva da razão. apercebi-me do mugido súbito da sarga por coisa que na noite rondou a sua calma. uma qualquer presença incómoda que a pôs em sobressalto. e eu nem me levantava, nem me acusava de atitude alguma. ergui a cabeça lentamente e ao pé da fogueira estavam o aldegundes e o dagoberto uma vez mais torcendo a minha ermesinda. e mais a sarga se inquietava, mais a ermesinda bulia debaixo deles, esticada por um e por outro para corresponder em formas às entradas que eles queriam fazer. e ela atrapalhava-se respirando com maior dificuldade. coisa que dava à sarga era proporcional à coisa que lhe dava também. mas eu demorei a decidir ideia válida de fazer. ali estava, em nova permissão. abdicando de tudo, já nem por manter a sensatez da educação da minha mulher, senão para permitir que, com mais dois, fôssemos quatro como casal de deus. eu sentiria até ali o remorso dos bons homens. como havia pensado, remorso duro de tão dignamente administrar a educação da minha ermesinda. mas até ali, pensei, até ali, porque naquele momento, mais do que a condenação de restarmos os quatro encurralados para todos os avios, ocorreu-me a falha grave do meu espírito. e tão amargamente me foi claro que, por piedade ou compreensão com os meus companheiros, e talvez por ausência da voz da minha mulher, passara para lá do limite. o remorso dos bons homens já não me assistia, senão só a burrice e ignorância de quem abdicara da sua mulher.

ainda pensei, talvez fosse só da chuva que caía, talvez fosse só da avidez dos dois traidores, com ganas de alívio maiores do que o costume, ou talvez fosse por pressentir o apelo da minha indefesa amada, ali disposta para banquete de homens que não eram o seu marido, sim, talvez fosse por isso que a sarga estava diferente. e a minha ermesinda mais se tentou debater e mais lhe custava a respirar, mais eles se afligiam com controlá-la para, mais que não fosse, voltarem aos seus lugares e esperarem que se acalmassem, as duas, ela e a vaca. e foi como me levantei. aproximei-me dos dois, grande e imbatível como uma pedra de ódio construída no exercício do meu bom amor, e me pus diante deles tão pequenos. afastaram-se da minha ermesinda que, imóvel, respirou menos, respirou menos, respirou menos, não respirou. a sarga mugiu de modo lancinante. e eu abati-me sobre os dois abrindo lado a lado os braços de punhos fechados. um só golpe certeiro sobre as suas cabeças. um só golpe com a violência da pedra mais furiosa do mundo. sobraram no chão como mais nada ali estivesse.

depois ergui-me, aqueci, tive a percepção fatal de que o meu corpo não suportaria nem o caminho até ao pé da sarga. na escuridão contínua, a sarga talvez tentasse chegar a mim também.

216

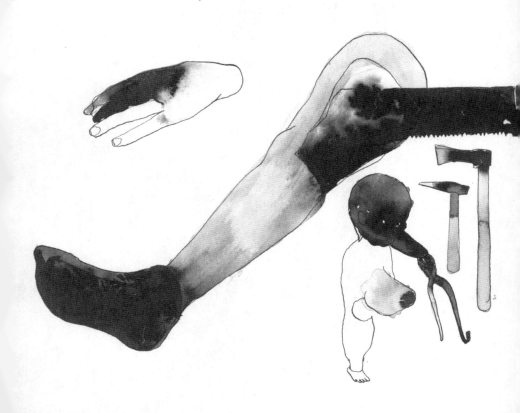

VALTER HUGO MÃE é um dos mais destacados autores portugueses da atualidade. Sua obra está traduzida em muitas línguas, tendo um prestigiado acolhimento em países como Alemanha, Espanha, França e Croácia. Pela Biblioteca Azul, publicou os romances *o apocalipse dos trabalhadores*, *a máquina de fazer espanhóis* (Grande Prêmio Portugal Telecom de Melhor Livro do Ano e Prêmio Portugal Telecom de Melhor Romance do Ano), *O filho de mil homens*, *A desumanização* e *Homens imprudentemente poéticos*. Escreveu livros para todas as idades, entre os quais: *O paraíso são os outros* e *Contos de cães e maus lobos*. Sua poesia foi reunida no volume *Publicação da mortalidade*. Outras informações sobre o autor podem ser encontradas em sua página oficial no Facebook.

Este livro, composto na fonte Silva,
foi impresso em papel Lux Cream 60 g/m², na gráfica AR Fernandez,
São Paulo, Brasil, setembro de 2024.